チバユウスケ詩集

ビート

# 世界の終わり

悪いのは全部　君だと思ってた
くるっているのは　あんたなんだって
つぶやかれても　ぼんやりと空を
眺めまわしては　聞こえてないふり

世界の終わりは　そこで待ってると
思い出したよに　君は笑い出す
赤みのかかった　月が昇るとき
それで最後だと　僕は聞かされる

ちょっとゆるやかに　だいぶやわらかに
かなり確実に　違ってゆくだろう
崩れてゆくのが　わかってたんだろ
どこか変だなと　思ってたんだろ

世界の終わりが　そこで見てるよと
紅茶飲み干して　君は静かに待つ
パンを焼きながら　待ち焦がれている
やってくる時を　待ち焦がれている

この曲は実はミッシェルのために作った曲じゃなかった。
なにかが終わることと、なにかが始まることは
常に同時に起こるようなそんな気分は
ずっと変わらない気がする。

## ブラック・タンバリン

3年待っても　兆しは見られない
3年経っても　動きはおこらない
カナリヤの歌声に合わせて
リズムを振れば
焼け落ちた夢のカケラがメシの種
明日は何をする　クロイ　タンバリン

あいつが訪れ　おいらにこう言った
君は今まで　どこで何をしてた？
相も変わらぬステキな色　ぬりたくってました
焼け落ちた夢のカケラがメシの種
明日は何をする　クロイ　タンバリン
トンデヤリマクレ　クロイ　タンバリン

3年待っても　兆しは見られない
3年経っても　動きはおこらない
カナリヤの歌声に合わせて
リズムを振れば
焼け落ちた夢のカケラがメシの種
今日も泣いている　クロイ　タンバリン

ブラック・タンバリン
ブラック・タンバリン
ブラック・タンバリン
ブラック・タンバリン

プラスチックのあまり音の出ないタンバリンだったけど、ずっと気に入ってた。今はもう無い。
どこかのライブで投げちゃったんだろうけど。

# toy

目に映るもの全てで　楽しませておくれよ　toy
言いなりになれば　おいらはゆかい　ゆかい
震える程　想って　おいらで踊れよ

手に入れたもの全てで　喜ばせておくれよ　toy
言いなりになれば　君だってゆかい　ゆかい
忘れる程　想って　おいらで踊れよ

何をしてもらおうか　何か歌ってくれないか
何をしてもらおうか　何か踊ってくれないか

ステップ踏むのは無理みたい　声すら出なくなったみたい
壊れてゆくのを　見るのはゆかい　ゆかい
気付かれないようにして　踊らされてるよ

俺の言いなりになりなよ
俺におもちゃにされなよ

俺の言いなりになりなよ
俺におもちゃにされなよ

俺の言いなりになりなよ
俺におもちゃにされなよ

レコーディングのとき、アベ君がリッケンバッカーを弾いてた。

## strawberry garden

太陽の裏側　足跡をつけて
その度に夜を思い出せばいい
朱色の花咲く　畑に埋めるよ
いちごのなる木を　眺めてくらすよ

shanla la la la la la la

52番目のレンガを投げれば
赤茶にすすけたシャム猫になる
朱色の花咲く　畑で燃やすよ
いちごのなる木を　燃やしてくらすよ

shanla la la la la la la

ずいぶん後になって、いちごは木になるもんじゃないって知った。

# アンクルサムへの手紙

ぼやけてゆく間は
風の無い部屋の中で
タイルの床を裸足で歩く

欲しいのはリアリティ
真水の中にいる
パノラマはこれからも広がる

ガラスの向こう側
ゆるやかに舞い落ちる
全ては見えている
それですり抜ける

サム　頭の中でサカナが盛り上がる

ぼやけてゆく間は
音の無い部屋の中で
タイルの床にだらりと座る

欲しいのはリアリティ
空気の中にいる
ロンドンもパリも一度に見える

ガラスの向こう側
鮮やかに舞い落ちる
全ては見えている
それですり抜ける

サム　頭の中でサカナが盛り上がる

自分のいる場所が、海か水中のような気持ちになったとき。

# キャンディ・ハウス

これくらいのひとつぶ　するり　飲みこんで
いちごジャムのついた皿をもてあそぶ
さびたキッチンの中　笑いが止まらない
こんな時は　なんて言えばいいのだろう
苦しまぎれに言われたい

"Go Back, Candy House"

どれくらいのスプレー空にしたのか
陽だまりのベランダ　にじむオレンジ
鳴き声のするむこう　植木を投げる
こんな時は　なんて言えばいいのだろう
苦しまぎれに言われたい

"Go Back, Candy House"

大事そうに並べてる　ブーツの底には
水色のキャンディがへばりついたまま

なめらかな話を　続けておくれ
例えば草原の羊の昼寝
こんな時は　なんて言えばいいのだろう
こんな時は　なんて言われたいのだろう
苦しまぎれに聞いてみたい

"Go Back, Candy House"

鳴き声は猫の声で、その猫の気を引きたくて
酔っ払ってベランダの植木を投げたらものすごい音がした。

# リリィ

こめかみ指で　こじ開けてから
意識トバして　帰るよ　リリィ

ゆるいカーブ　鈍い音の　バケツの中
あふれかえる　パスタの山　かきわけてた
あふれかえる　パスタの山　泳いでいた
窓から見る空は　そこでくもっていた

風が吹いたら　それが合図だ
意識トバして　逃げるよ　リリィ

だらけたまま　目の合わない　犬みたいだ
フェンスの上　ぶらさがって　ヨダレたらそう
けむりだけが　上にたまる　掃いて捨てよう
窓から見る空は　そこでくもっていた

風が吹いたら　それが合図だ
意識トバして　逃げるよ　リリィ

ゆるいカーブ　鈍い音の　バケツの中
あふれかえる　パスタの山　かきわけてた
あふれかえる　パスタの山　泳いでいた
混ざってゆく　混ざってゆく　くさりかけだ

こめかみ指で　こじ開けるから
息吹きかけてよ　帰るよ　リリィ

晴れたらソファで　何を見ようか　リリィ
雨ならシャボンに　くるまれたいね　リリィ

レコーディング合宿を山中湖でしていて
夜明けぐらいに曲を思いついて、
ひとりでスタジオに入った。
みんなが起きてから、コード進行なんかを説明してせーので演奏した。
メンバーみんなドンピシャでキてて、15分くらいで出来上がった。

## シャンデリヤ

髪を切りたくなる　ベロの下がしびれてる
唾をとばしまくる　言葉だけ空を飛ぶ
つきぬけた青い空　広がるパラシュート
白い帽子屋　とびちるコウノトリ

むずがるあの娘に笑って聞かすよ

イヤミなサングラス　イヤミなサングラス
輝くポラロイド　吸い込まれたのは誰？
失くした時計は　まだコンクリートの中
誰にも気にされず　コチコチと首を振る

むずがるあの娘に笑って聞かすよ

それでも明日はシャンデリヤが降る
それでも明日はシャンデリヤが降る

髪を切りたくなる　ベロの下がしびれてる
唾をとばしまくる　言葉だけ空を飛ぶ
つきぬけた青い空　広がるパラシュート
白い帽子屋　とびちるコウノトリ

むずがるあの娘に笑って聞かすよ

それでも明日はシャンデリヤが降る
それでも明日はシャンデリヤが降る

ひしゃげたアルミニウム缶
これはあなたに似てるわね

爪を噛むまねをしながら
ターンくりかえす

それでも明日はシャンデリヤが降る
それでも明日はシャンデリヤが降る
それでも明日はシャンデリヤが降る
それでも明日はシャンデリヤが降る

**豪華なものが全部落ちて消えていく。**
すごくキレイ。

# 恋をしようよ

テレビのアンテナ　ひきちぎったその日から
yeah! 君と俺とで落ちるんだ
猫のスタイルで　すがりつくんだ

緑色の冷蔵庫　ひき倒したその日から
yeah! 君と俺とで落ちるんだ
猫のスタイルで　すがりつくんだ

すがりついて　しがみついて
すがりついて　しがみついて
猫のスタイルで　すがりつけ

フルカラーのレコード　たたき割ったその日から
yeah! 君と俺とで落ちるんだ
猫のスタイルで　すがりつくんだ

猫のスタイルで　すがりつけ
猫のスタイルで　すがりつけ

つくづく猫がよく出てくる。

# 笑うしかない

しびれたままで　眠れば
ひびわれた　カベになれる

笑うしかない　笑うしかない
笑うしかない　笑うしかない

だってもう　あと2分で　全ては消えるんだ
だってもう　あと2分で　全ては砂だ
笑うしかない

染みてくように眠れば
映像見なくてもすむ

笑うしかない　笑うしかない
笑うしかない　笑うしかない

だってもう　あと2分で　全ては消えるんだ
だってもう　あと2分で　全ては砂だ
笑うしかない

ああ　それでも　まだ　まだ
ああ　それでも　まだ
ああ　それでも　まだ

かぐわしき　ミネラルで
ぜい肉　落として
窓開けて　カギしめて
2度と戻りません

かぐわしき　ミネラルで
ぜい肉　落として
窓開けて　カギしめて
2度と戻りません

"かぐわしきシンナー" だったんだけど
やってみたら、こっちのほうが良かった。

## カルチャー

花束かかえ　むかえにきてよハニー
ひっくりかえるような　甘い言葉吐いて
高くまいあがらせては　むせかえるよ　カルチャー
花束すてて　つれていってよ　ハニー
まわりこむような　スライディングきめて
高くまいあがらせては　むせかえるよ　カルチャー
　　　　　　　　　　　　　　　　　　　枯れちゃう
花束あつめ　へたりこんでよ　ハニー
みがきこむように　プラスチックかんで
高くまいあがらせては　むせかえるよ　カルチャー
　　　　　　　　　　　　　　　　　　　枯れちゃう
　　　　　　　　　　　　　　　　　　　カルチャー
　　　　　　　　　　　　　　　　　　　枯れちゃう

サブカルチャーって言葉が流行ってて、
なんじゃそりゃ、くだらねえなぁ、って思った。

## カーテン

とにかくここで座ってるのは
夢を見たいと思わないから
アタマかきむしる　クセついたのは
カーテンくいつくす　赤アリのせいだ

まだらに咲いた　ハチミツ色の
染みを眺めてる　あごはついたまま

ゆらゆらゆらゆらり　ゆらゆらゆらゆらり声あげながら

へばりついた首とがらせて
こびりついた腕はしゃがせて
たたきのめしたような　まるい窓から
日に焼けていない　屋根をつたうよ

ゆらゆらゆらゆらり　ゆらゆらゆらゆらり声あげながら

とにかくここで座ってるのは
カーテンくいつくす　赤アリのせいだ

## 深く潜れ

青でカベをぬりつぶして　垂れたペンキで顔を洗う
青い場所にひそんでたい　青い海に潜ってたい

深く潜っててもいい？　深く潜ったままでいい？
深く潜っててもいい？　深く潜ったままでいい？

時々　顔のぞかせて　君が息をしてるのを
確かめにゆくから　確かめにゆくから

深く潜っててもいい？　深く潜ったままでいい？
深く潜っててもいい？　深く潜ったままでいい？
深く潜っててもいい？　深く潜ったままでいい？

## ゲット・アップ・ルーシー

ねぇルーシー　聞かせてよ
そこの世界の音
黙りこむ　黙りこむ
ゲット・アップ・ルーシー

ねぇルーシー　教えてよ
空で花を見たか
黙りこむ　黙りこむ
ゲット・アップ・ルーシー

憧れの森のなか
歩いてるけど　眼は閉じたまま

ねぇルーシー　二人
幸せ見つけたね
終わりだね　終わりだね
ゲット・アップ・ルーシー

ねぇルーシー　かなり
深い海に来てる
沈み込む　沈み込む
ゲット・アップ・ルーシー

憧れの森のなか
歩いてるけど目は閉じたまま

ねぇルーシー　聞かせてよ
そこの世界の音
黙りこむ　黙りこむ

ゲット・アップ・ルーシー

ねぇルーシー　教えてよ
空で花を見たか
黙りこむ　黙りこむ
ゲット・アップ・ルーシー

憧れの森のなか
歩いてるけど　眼は閉じたまま

歩いてるけど　眼は閉じたまま

## サニー・サイド・リバー

川の辺りで　しゃがみこんでいる
目をむく晴れに　似合わないでいる
降りしきる太陽　咲くからには枯れる

かき乱すだけで　にごるのを見てる
泡吹く記憶が　はじけとんでゆく
乾ききらない風　聞こえるのは緑

川の向こうで　けむりがゆれる
しわを寄せては　気温が上がる
大したものはないだろと言う
それでもいいと　あの娘は笑う

垂れ流すだけで　首ごと泣いてる
他に日陰すら　つくれないでいる
降りしきる太陽　乾ききらない風

川の向こうで　けむりがゆれる
しわを寄せては　気温が上がる
大したものはないだろと言う
それでもいいと　あの娘は笑う

たぶん夏だった。なんかいつも疲れてた。
川の向こうはビルだらけで、あれが全部無くなったら
空はもっときれいだろうな、って思った。

# ブギー

ずれたままで行った
帰り道知らない
戻らない　進まない
始めからそうだった
くさるクサレゴト
目の前はクラクラ

フラフラ咲いて
カラカラ鳴いた
続いてくんだろう

ずれたままで行った
前より遠かった
はやくもない　おそくもない
髪は伸びすぎた
切らなくちゃ　切らなくちゃ
目の前をチラチラ

フラフラ咲いて
カラカラ鳴いた
繰り返すんだろう

フラフラ咲いて
カラカラ鳴いた
誰のせいなんだろう

何が何でどうだ
尻のきれた風が
横切って転げた

はりついたウルサイが
音無しで回るんだ
ただそれくらいだろう

フラフラ咲いて
カラカラ鳴いた
続いてくんだろう

それでまた続いてくだろう
それでまた繰り返すだろう
これは誰のせいなんだろう
それはわかってるんだろう

何かがずっと続いてる気分っていうのは
人が生きてる時には
みんな感じてることなんじゃないかと思う。

# G.W.D

うろつく涙　払いのけて
ここで何を見てたのかと
かすむまみれた日を抜けて
黄色い風に立っている

がなる　われる　だれる　声が
がなる　われる　だれる　聞こえる

のさばりすぎた喜びは
ずいぶん前に捨てたから
あれが何だか知っている
これが続くの知っている

がなる　われる　だれる　風が
がなる　われる　だれる　聞こえる

刻んだ瞬間を踏みちらすために
指から舐め出してくるぶしで終われ

がなる　われる　だれる　声が
がなる　われる　だれる　聞こえる
がなる　われる　だれる　風が
がなる　われる　だれる　聞こえる

歌詞を作ってから頭文字を取ってタイトルにした。

# ウエスト・キャバレー・ドライブ

泥沼に生えてる俺の足
乾いた砂にはならないんだろう
肺から流れる煙は
湿った温度で燃えあがっている
燃えあがったブルーズ
転げ廻り廻る踊る
ウエスト・キャバレー・ドライブ

メキシコ辺りにぶっとんでった
カナリヤ台風去った夜
地べたの真ん中溶け出して
あの娘どこまで行ったんだろう
途切れたブルーズ
転げ廻り廻る踊る
ウエスト・キャバレー・ドライブ
ウエスト・キャバレー・ドライブ

西へ吸い込まれる
ボンネットねころがって
それでもかまわない　かまわない　ウエスト・キャバレー・ドライブ
　　　　　　　　　　　　　　　　　　ウエスト・キャバレー・ドライブ

ズタボロ・スーツをひきずって
コマ切れフィルムがショートする
半分ムラサキ沈んだ
夜明けの色だけ覚えてる
覚えてる
転げ廻り廻る踊る
ウエスト・キャバレー・ドライブ

ウエスト・キャバレー・ドライブ

ライブやって飲んだくれての毎日、そのまんま。

# ドッグ・ウェイ

何も起こらない夜に
やたらと響く遠吠え
ほざいたブラック・パーマネント・ドーベル
ひねり潰して　イヌミチ
ドッグ・ウェイ　ドッグ・ウェイ　ドッグ・ウェイ

色白ダイヤモンド・ドッグ　ターコイズ・アメリカン・ドッグ
こまっしゃくれた　フレンチ・プードル
くい散らかして　イヌミチ
ドッグ・ウェイ　ドッグ・ウェイ　ドッグ・ウェイ

犬も知らないイヌミチ　星も見えないイヌミチ
まばたきさえわからず　はいずり歩いてゆく
ドッグ・ウェイ　ドッグ・ウェイ　ドッグ・ウェイ

SEX, DRUG, ROCK 'N' ROLL.

# フリー・デビル・ジャム

30秒でゆれるズガイコツ
アゴから溶ける　夜を追いかける
グランジ・オン・ザ・TV
FREE DEVIL JAM

34時間うなるズガイコツ
腰からうねる　夜を追いかける
ブラッズ・イン・ザ・TV
FREE DEVIL JAM

あわてふためいてやれ魂だとか
抜かれる余裕はどこにもねぇ
踊り続けるだけ

Yeah! ストップ・ザ・モーニング！
Yeah! ストップ・ザ・モーニング！
300年の狂う朝止めて
あの娘抱きしめて
FREE DEVIL JAM

Yeah! ストップ・ザ・モーニング！
Yeah! ストップ・ザ・モーニング！
3億年の狂う朝止めて
あの娘抱きしめて
FREE DEVIL JAM
FREE DEVIL JAM

ツアー中の毎晩のホテル。

# キラー・ビーチ

地球を舐め回して
砂浜にくずれている
アンテナすらない
ブラウン管の火花
垂れ落ちるアイスクリーム

真夏の太陽に
くいちぎられた空
残された影は
200Wのライト
垂れ落ちるアイスクリーム

「ナイフで貫いた　おいらの心臓くらえよベイビー」

べとつく砂の上を
はだしで歩いている
ねそべった空気
ペタペタと鳴らす
垂れ落ちるアイスクリーム

「腹わた切り開いて　あたしのお肉をたべてよダーリン」

アタマの後ろで
耳なりが消える
垂れ落ちるアイスクリーム
しらけた心臓とひき肉飛び散るキラー・ビーチ

## ソウル・ワープ

フラスコ・ベイビー／ストロベリー
エブリバディ／ワールド・モンキー
片道パイロット・キャンディー／売りトバせ
SOUL WARP! SOUL WARP! SOUL WARP!

フライング・マリー／ギヴ・ミー・ソーセージ
ピンキー・バルーン／ワイン・ゼリー
カスタム・メイド／スペース・パウダー／売りトバせ
SOUL WARP! SOUL WARP! SOUL WARP! SOUL WARP!

グラスゴー・ハリー／マディ・ハンモック
クライシス・バニー／レザー・ジャケッツ
片道パイロット・キャンディー／売りトバせ
SOUL WARP! SOUL WARP! SOUL WARP! SOUL WARP!

フィッシャーズ・アイビー／ドライ・カリィ
キャプテン・ハニー／ラブ・ユー・ベイビー
カスタム・メイド／スペース・パウダー／売りトバせ
SOUL WARP! SOUL WARP! SOUL WARP! SOUL WARP!

元々あった詩を歌にあわせて単語だけにした。

# SOUL WARP

「試験管から産まれた赤ん坊がストロベリー味だと
わかった時、世界は誰もが皆、サルだ
帰るあての無いアメ玉を売り飛ばして
世界中の魂はひん曲がってゆく」

とんでるマリーはソーセージが食べたいと言う
ねとついたピンクの風船をふくらませて
赤ワインのゼリーで身体中を化粧する
顧客対応の宇宙食を売りとばして魂はひんまがってゆく

グラスゴーのハリーは自然主義　泥だらけのハンモックで寝るのが日課
絶滅危機のウサギは皮ジャンと毛布のコートになった
ハリーはウサギを救うためだと信じながら
２度と帰ってくることのできないアメ玉を売りとばす
ハリーの魂はひんまがってゆく

カジキマグロを南西洋に追いかける漁師達の船では
ドライ・カレーを食べるのが伝統だ
ビリーは女船長ハニーを想って心の中でさけんでいる

いつもの客にいつものブツを売りさばきながら
ビリーの魂はひんまがってゆく

## アッシュ

くさったまがいモノを　かみ砕いた真夜中
灰になった歌が　黒塗りをつんざいた
灰になった歌が　黒塗りをつんざいた

前後左右　はじけとんだアタマで
ブーツを踏み鳴らして　マラカスを蹴散らした
灰になった歌で　ワルツを踊るカウボーイ

メガロ吹きとばして　太陽をさらけ出す
テンガロン焼き捨てた　灰だらけの歌が
黒塗りをつんざいて　ワルツを踊るカウボーイ

あの娘は星になって　ただ酔って消えたんだ
灰になった歌は　漂って染み込んだ

灰になった歌が　黒塗りをつんざいた
灰になった歌で　ワルツを踊るカウボーイ

灰になった歌は
灰になった歌は
灰になった歌は

# ダニー・ゴー

狂い咲く坂道　笑い出す口笛
どこからか聞こえては消えてゆく
色ひからびた空を焼きつける

なだらかな坂道　吐き捨てた口笛
どこからか聞こえては埋め尽くす
色ひからびた空に焼きつける

振り返らず　錆びた風は続くだろう

狂い咲く坂道　笑い出す口笛
どこからか聞こえては消えてゆく
色ひからびた空を焼きつける

振り返らず　錆びた風は続くだろう
ざらつくダニー　かき鳴らしていくんだろう

ダニー・ゴー　ダニー・ゴー
ダニー・ゴー　ダニー・ゴー

振り返らず　錆びた風は続くだろう
ざらつくダニー　かき鳴らしていくんだろう

昔住んでた街に
いつも酔っ払って歩いて帰ってた
ゆるやかな坂道があった。

# GT400

I WANT THE MOTORCYCLE
青っぽい夜明け近く
そいつ　またがるんだ
駆け抜いた　荒野に咲いた
サボテンの毒バリで
俺は死ぬのさ

I WANT THE MOTORCYCLE
青っぽい夜明け近く
そいつ　またがるんだ
400の黒いやつで
トンネルは続くのさ
どっかいっちまえばいい

I WANT THE MOTORCYCLE
青っぽい夜明け近く
そいつ　またがるんだ
ガソリンは残りわずか
銀行を襲うのさ
国境へ逃げるんだ

I WANT THE MOTORCYCLE
青っぽい夜明け近く
そいつ　またがるんだ
400の黒いやつで
トンネルは続くのさ
どっかいっちまえばいい

I WANT THE MOTORCYCLE

I WANT THE MOTORCYCLE
I WANT THE MOTORCYCLE
どっかいっちまえばいい

GT380 っていうバイクは実際にあるんだけど
GT400 は、無いらしい。

# 裸の太陽

地球はドーナッツになって
メアリー・キャロルにくわれちまった
今俺はその腹の中で
溶けてゆくところ

あの娘はうつろ夢心地
最後にぬかしたその言葉
今度はあたしがこの星を
産み落とすのよだと

裸の太陽を　追いかけてきたけど
ここから先はもう　西は終わりになる

真っ暗闇の荒地の果て
溶けてゆくところ

なめらかな椅子でゆれている
ダイナマイトをくわえこんだ
ミイラが朽ちた向こう側
火を付けたところ

裸の太陽は　とっくに消えたけど
ここから先にまだ　見えない西がある

真っ暗闇の荒地の果て
火を付けたところ

裸の太陽を　追いかけてきたけど
裸の太陽は　とっくに消えたけど

真っ暗闇の荒地の果て
探してる物はないけれど
あの娘にずれたキスをして
まだ西へゆくのさ

## アンジー・モーテル

ここにあるのは空と
見渡す限りのポップ・コーン
退屈な子供達は
トウモロコシとファックしてる
16番目のモーテル

悪魔に俺のこと
売っ払った天使抱いて眠る

闇溶けた地平線に
左半分欠け落ちた
月が消える頃
スカル・ダンスの夜は
ブラック・ペッパー・チキンの香り

悪魔に俺のこと
売っ払った天使抱いて眠る

深いブルーのバスタブ
沈む缶ビールと死体
900マイルの砂漠
静かなトカゲ達
バッファロー・ボーンの首飾り

悪魔に俺のこと
売っ払った天使抱いて眠る
悪魔に俺のこと
売っ払った天使抱いて眠る

バスタブのあるモーテルには泊まったことない。

## ピストル・ディスコ

燃えあがるハリウッド
砕け散るミラーボール
どっかしらヤられてる
天国はスパンコール
虹をつくる元になる
アルカテノールの入ってる
銀色の雨が降る真夜中に
火を吹いたロマンスは
ポマードのラッパ吹き
きらめいた閃光が
乱れ飛ぶ　ピストル・ディスコ

穴だらけリンカーンに
とび乗ったつもりだった
はりついたガラス窓
とび散ってスパンコール
四ッ角にぶちまけられた
置き忘れたようにある
運び屋の宝物　カー・ラジオ
黒光りロマンスが
心臓に泣いたんだ
あの場所に連れてって
くれないか　ピストル・ディスコ

燃えあがるハリウッド
砕け散るミラーボール
どっかしらヤられてる
天国はスパンコール
虹をつくる元になる

アルカテノールの入ってる
銀色の雨が降る真夜中に
火を吹いたロマンスは
ポマードのラッパ吹き
きらめいた閃光が
乱れ飛ぶ　ピストル・ディスコ

アルカテノールっていう言葉は勝手に作った。
アルコールを飲むテノール歌手。

# ドロップ

ぶらぶらと
夜になる
ぶらぶらと
夜をゆく

じりじりと
夜になる
じりじりと
夜をゆく

神の手は
にじむピンク

ぶらぶらと
夜になる
ぶらぶらと
夜をゆく

なめつくした
ドロップの気持ち

じりじりと
夜になる
じりじりと
夜をゆく

神の手は
にじむピンク

## ベイビー・スターダスト

白い肌をしてるあの娘が17才で
手首を切ったことを自慢気に話す
黄色い髪の男のアタマには
狂った恋のメロディーが流れてたんだ

ベイビー・スターダスト
ベイビー・スターダスト
ベイビー・スターダスト
ベイビー・スターダスト

天使はずいぶん悪魔に憧れていて
自分の羽をまっ黒に塗り潰した
どうしても角だけが生えてこないと
嘆く姿はどう見ても天使だった

ベイビー・スターダスト
ベイビー・スターダスト
ベイビー・スターダスト
ベイビー・スターダスト

白い肌をしているあの娘の声はまるで
ロデオ・マシーンにはしゃいでまたがっている
子供のように甲高くてやわらかで
風も雲もない海の月夜みたいだ

ベイビー・スターダスト
ベイビー・スターダスト
ベイビー・スターダスト
ベイビー・スターダスト

ベイビー・スターダスト
ベイビー・スターダスト
ベイビー・スターダスト
ベイビー・スターダスト

星くずのひとつの気分はこんな感じ
星くずのひとつの気分はこんな感じ
星くずのひとつの気分はこんな感じ

# ベガス・ヒップ・グライダー

ラスベガス・アイ・ラブ・ユー
ラスベガス・ヒップ・グライダー
ラスベガス・アイ・ラブ・ユー
ラスベガス・ヒップ・グライダー

君の住む街のすぐ
雲の上はピーカンで
マイナス 57 度
ベガスまがいの天国

ラスベガス・アイ・ラブ・ユー
ラスベガス・ヒップ・グライダー
ラスベガス・アイ・ラブ・ユー
ラスベガス・ヒップ・グライダー

宙ぶらりんでぶっとんで
まっさかさまに落ちた
星はかけらになって
ラスベガスであそんだ

ラスベガス・アイ・ラブ・ユー
ラスベガス・ヒップ・グライダー
ラスベガス・アイ・ラブ・ユー
ラスベガス・ヒップ・グライダー

君に手品見せよう
キレイなカフェイン 2 リットル
マルボロは好きなだけ
フラッシュ・バギー・ロックで天国

ラスベガス・アイ・ラブ・ユー
ラスベガス・ヒップ・グライダー
ラスベガス・アイ・ラブ・ユー
ラスベガス・アイ・ラブ・ユー
ラスベガス・アイ・ラブ・ユー
ラスベガス・ヒップ・グライダー

# シトロエンの孤独

白いタイル貼りの　トンネルを抜けてゆく
北極よりも寒い 12 月の有刺鉄線のような口笛を鳴らす
72.5 メガヘルツ流れっ放しのグラウンド・テイラード・バス
その車の中で　綺麗な緑に染めたカーリーヘアーの
穴のあいた男が一人でしゃべってる
穴のあいた男が一人でしゃべってる


85 人の映画スターをアルファベット順に羅列しながら
流れるライトに名前をつけてゆく
赤いランプに名前をつけてゆく
85 人の映画スターを流れるライトに名前をつけてゆく


GIVE ME YOUR SWEET  GIVE ME YOUR SWEET
GIVE ME YOUR SWEET  GIVE ME YOUR SWEET
荒馬二人乗り　ビートの亡霊
ゴールドのマリア　アンジェリカの想い出
エルビスのピエロ　陸に住むカモメ
生えてゆく雲　忘れられた海
青いガラス　アル中のドクロ
お前の甘い場所　それだけ俺にくれよ


RUN CHICKEN CARNIVAL  RUN CHICKEN CARNIVAL
RUN CHICKEN PARTY  RUN CHICKEN CARNIVAL
夜を超えて　朝を超えて　夜を超えて
シトロエンの孤独は続く
夜を超えて　朝を超えて　夜を超えて
シトロエンの孤独は続く


バイバイシカゴ　バイバイニューヨーク

バイバイトーキョー　バイバイバンコク
バイバイホンコン　バイバイマリブ
バイバイパリス　バイバイチャイナ
バイバイマシンガン　バイバイジェットマン
バイバイマリー　バイバイキャンディー
バイバイテレホン　バイバイベイビー
バイバイブルース　バイバイベイビー
バイバイブルース　バイバイベイビー
バイバイブルース　バイバイベイビー

シトロエンの孤独は続く

穴のあいた男は、たぶん俺自身。
今はそう思う。

# ターキー

パイソン柄ゴンドラ・レゲエ
渦巻く気流の目の中で
飛べないターキー舌打ちしたよ
スラップ・ショットのリズムで
「ラブとピースは違うことなのさ」
赤いビロード　鉄の棺桶　ターキーにナイフ
宇宙はどこにもありはしないぜ

トランジスタの青い火花
衛星から見た地球の姿
スペード・モンキーのアロハ
さえわたるリアル原色だらけ
「ラブとピースは違うことなのさ」
こんな世界は燃やしちまえよ　ターキーにナイフ
骨になってもハートは残るぜ

ハッピー・ポルノ・スター　アイ・ラブ・ユー
ブラック・フィルムの上映はない
鳴かないターキー舌打ちしたよ
緑のビール飲みながら
「LOVE とピースは違うことなのさ」
キック・ドラムはハートのメロディ　ターキーにナイフ
宇宙はどこにもありはしないぜ

宇宙はどこにもありはしないぜ
骨になってもハートは残るぜ
宇宙はどこにもありはしないぜ
LOVE とピースは違うことなのさ

愛と平和って全く相反する場合もあるんじゃないかと思う。

暴かれた世界　　オレンジのハート スウィム IN ブラック・ホール

ロデオ・タンデム・ビート・スペクターが
俺の背骨を貫くだろう
ロデオ・タンデム・ビート・スペクターが
お前のアタマから剥けるだろう
年老いたブルーバード
雪の降るコンクリート
モノクロームの大地
パーティーは終わりにしたんだ
暴かれた世界は　オレンジのハートを
抱きしめながらいく　とぐろを巻く街

スピード・目隠し・死人列車
ヘルメットの数 59
ピースマークだけで全て片付ける
ケダにあきあきしてる
泥だらけ花売り女
ツナの服の占い師
火を吹くテキサンブーツ
パーティーは終わりにしたんだ
暴かれた世界は　オレンジのハートを
抱きしめながらいく　とぐろを巻く街

悲しくなんてないし　香港●のガラス張りの
ビルに火をつけたいくらいで　パーティーは終わりにしたんだ.

ビルが●●（　）くらいで
輝いた

ASS HOLE?

## アリゲーター・ナイト

飛び散るシカゴ・ブルー・ネオン
オルゴールが鳴った気がした
俺はアリゲーターのダンスを見ていたんだ

バイカーズ・スクリーミン・ナイトメア・ブギ
「エサを探してる猫の目を見た?」
嘆きのトロージャンがあの娘に電話してる

アリゲーター・ナイト・グラマー
潰れたシートの上
踊ってみせてよハニー
アリゲーター・ナイト・グラマー

ルートの匂い　フラッシュ・バックして
9月生まれのパンクの子供
「ねぇ僕　コウモリさんと握手をしたんだよ」

割れた古い 45 は
散弾銃のアコーディオン
穴のあいたジャバラにネズミが住んでる

アリゲーター・ナイト・グラマー
潰れたシートの上
踊ってみせてよハニー
アリゲーター・ナイト・グラマー

飛び散るシカゴ・ブルー・ネオン
オルゴールが鳴った気がした
俺はアリゲーターのダンスを見ていたんだ

バイカーズ・スクリーミン・ナイトメア・ブギ
「エサを探してる猫の目を見た？」
嘆きのトロージャンがあの娘に電話してる

アリゲーター・ナイト・グラマー
潰れたシートの上
踊ってみせてよハニー
アリゲーター・ナイト・グラマー

俺は今アリゲーターのダンスを見ていたんだ

# GOD JAZZ TIME

突き当りだ 朝になって 神のジャズ 震えて
焦げ付いた 石油レザー 動かない テポドア
ねんベイビー ここは きっと 宇宙のどまん中さ

ミンクの毛皮コート 立ってれる地下鉄
通り過ぎた 砂の星 川が流れてた
ねん ベイビー ここは きっと 宇宙のどまん中さ

GOD JAZZ TIME    GOD JAZZ TIME
GOD JAZZ TIME    GOD JAZZ TIME

谷しがる ベビーと アクセルまわす ハッピービジョン
ヤーステすの ビッチ・リンダ ショッキング・パンクの鳥達
ねんベイビー ここは きっと 宇宙のどまん中さ

猫を抱いて 座り込む 老婆の星は ロッキンチェアー
降りかかった 太陽を クリームソーダ 星空
ねん ベイビー ここは きっと 宇宙のどまん中さ

GOD JAZZ TIME    GOD JAZZ TIME
GOD JAZZ TIME    GOD JAZZ TIME

スペイスサギ

HELLOW! FLOWER
リタ

ハロー ハロー
こちら宇宙 俺の宇宙
花束なんていらないぜ
ビールをダースで 4℃で
飛んで来なよ
テンガロンと絵葉書きを送るよ
場所はその写真のあたりさ

緑のビルを4℃で
ダースで FUCKIN' FLOWERS!

① ハロー/リタ/ 花束はいらない
ビールを/ダースで/4℃で
赤い/キャデラック/飛んで/来なよ
赤い/キャデラック/飛んで/来なよ Ⓕ
ハローリタ フラワーリタ

② テンガ/ロンと/絵葉/書きを
送/るよ/場所/はその/写真
しかし/んヮ/あたり/さ

③ 赤いキャデラック飛んで来なよ
赤いキャデラック飛んで来なよ
ハローリタ フラワーリタ

ⓔ キャリバーしも
1000本立てて
インディアンデンシャ
フリンジ風に流した
星のマーク

LOVE

SPACE MAP

赤いキャデラック飛んで来なよ
ハローリタ フラワーリタ
フラワーリタ 赤いキャデラック 赤いキャデラック

# マーガレット

翼の生えた戦車
そんなものに乗ってみたい
マンホール・ベイビー・ラッツは
マーガレットのとりこさ
あいつの鳴き声で
マーケットのガラス板
世界を全部道連れに
ピアノみたいに割れた

ビルディングの林の中を
砂煙あげて走ろうぜ

にごっている目玉に
見えるのは虹の橋
甘い匂いのする
羽のついたバタフライ
キャット・ウォークにマーガレット
足跡は3拍子
アナコンダ100本足で
踊る夜明け見に行こう

鉄骨の天国コロシアム
砂煙あげて踊ろうぜ

翼の生えた戦車
そんなものに乗ってみたい
マンホール・ベイビー・ラッツは
マーガレットのとりこさ
あいつの鳴き声で

マーケットのガラス板
世界を全部道連れに
ピアノみたいに割れた

ビルディングの林の中を
鉄骨の天国コロシアム
砂煙あげて走ろうぜ
砂煙あげて踊ろうぜ

友達とバイクチームを作る話があった。
チーム名は魔亜我裂徒。

## バード・ランド・シンディー


バード・ランド・シンディー
流れ星は野蛮人の祈り
バード・ランド・シンディー
消えてゆくものに憧れてるだけ
フロリダ・ガラスにダイス・ホルダー
ランデブー・フライ　タンデム・ハイ
地球にまた落ちてきたとしても悲しむことは何もないはずさ


バード・ランド・シンディー
ブラック・ソーダに身体を沈めてた
バード・ランド・シンディー
あの娘の鳴き声がグルーブ・マスター
ナポリのキラー・ブルーズに首ったけ
ランデブー・フライ　タンデム・ハイ
音なんかなくてもいつでもあの娘は流れる長い手足で踊った


バード・ランド・シンディー
ベジタリアンのソースは血の味
バード・ランド・シンディー
だからあの娘の旅は続く
トランクにはコンドルの羽
ランデブー・フライ　タンデム・ハイ
地球にまた落ちてきたとしても悲しむことは何もないはずさ


バード・ランド・シンディー
バード・ランド・シンディー
バード・ランド・シンディー
バード・ランド・シンディー

## マリオン

地平線の向こうは　とうとう最後の国
ブルー・バード・ランドは　確かにそこにあった
だけど飛んで散った後だったから
俺はそこで最後にマリオンを見失った
ガラスのない街　石だけでできた
ブルー・バード・ランドは　確かにあったはず
WHERE IS MARION?  WHERE IS MARION?

ぐるぐると回る　モンキージーザスのブレイカーが落ちて
地球が止まって平らになった
端から海水がこぼれ始めて　魚は空を飛んだ
人には結局羽が生えなくて　流れ出すまま下に落ちていった
WHERE IS MARION?  WHERE IS MARION?

地平線の向こうは　とうとう最後の国
ブルー・バード・ランドは　確かにそこにあった
だけど飛んで散った後だったから
俺はそこで最後にマリオンを見失った
ガラスのない街　石だけでできた
ブルー・バード・ランドは　確かにそこにあった
WHERE IS MARION?  WHERE IS MARION?
WHERE IS MARION?  WHERE IS MARION?

ねぇマリオンなら　ねぇマリオンなら

この2曲は、自分の中で繋がっている。

# 赤毛のケリー

水牛の角でつくられた街で
焼かれた森の運命を知った
赤毛のケリー

針の錆びている　欠けたブローチには
月から来た石とだけ書かれていた

太陽と道が溶け合う場所の
先に広がるのは　凍りついた海
あの娘描くのは　そこに住む魚
タツノオトシゴ　アザラシの悲鳴
赤毛のケリー

あの娘描くのは　底に住む魚
タツノオトシゴ　アザラシの悲鳴

ケリーの赤毛が西風に浮かぶ
湖の化粧して月の石をつける

ウインカーの出ない車には
ラムのブランケットが一枚まるまっている
あの娘描くのは　砂漠に降る雪
ゆらいで光る　オアシス・アイス
赤毛のケリー

あの娘描くのは　砂漠に降る雪
ゆらいで光る　オアシス・アイス

# シャロン

サンタクロースが死んだ朝に
ダダリオ・カマロがくれた
キャンディ・ハイウェイ　甘いマシンガン
ボーダーラインがにじんで消えた

カーブを曲がりたくなかった
ハンドルから手を放した
子守唄がまっぷたつに
引き裂かれて雨降らせた

冬の星に生まれたら
シャロンみたいになれたかな
時々　思うよ　時々

ねぇ　シャロン月から脱け出す
透明な温度だけ
欲しいよ　それだけ　それだけ
シャロン

地下鉄が唄うメロディー
誰も知らないメロディー
悲しいから　うさぎは死んだ
そんなことは　わかってたのに

冬の星に生まれたら
シャロンみたいになれたかな
時々　思うよ　時々

ねぇ　シャロン　砂漠でくらす

ピンクのカラス　青いガラス　くわえて
ヒマワリへとゆくんだろう　シャロン

あの娘はきっとパルコにでも行って
今頃は茶髪と眠ってるだろう
ワンダーランドは
この世界じゃないってことを
知ってるから

冬の星に生まれたら
シャロンみたいになれたかな
時々　思うよ　時々

ねぇ　シャロン月から脱け出す
透明な温度だけ
欲しいよ　それだけ
それだけ　シャロン

# I ♥ PUNK

空を飛ぶのやめたよ　空を飛ぶのはやめたんだ
羽は抜け落ちた　カーペットは燃えつきた

ハロー僕は地球から来た　銀河の海は鉄クズの山
ハロー僕は地球から来た　空中ブランコから落ちて

ベイビー空に自由はないよ

ソファーベッドにラジオ・カセット　車のキーは差しっ放し
メッキ・トレイラーが天国　ビールの缶で戦車つくれるよ

グラム・スターに恋をした　彼女は自分探しの旅に
出るとか言って消えたのさ　あいにく俺はどうでもいいし

自由の国とはよく言うぜ

ヴァイオ・マック・ブロンド・ヴィヴィアン
チェック・水玉・フラワー・ビーズ
メガネ・ノイズ・ネズミの唄

俺のバイクにさわるなパンク

空を飛ぶのやめたよ　空を飛ぶのはやめたんだ
羽は抜け落ちた　カーペットは燃えつきた

ベイビー空に自由はないよ

この頃毎日ビールを軽く1ダースは飲んでた。
部屋は空き缶だらけだった。

# モータープール

この星の先　水も無いのに
満天の虹が　かかる場所があるって
そこに行くことに　さっき決めたんだ
さっき決めたんだ

この世の果ては　太陽が2つと
月が8つで　造られているって
そこに行くことに　さっき決めたんだ
さっき決めたんだ

あの娘はグリーンの瞳で
いつでも待ってるからとか
モータープールの4階で
キスをしたがってたけど
さっき決めたんだ

シェリルの星に　雨が降ったよ
純度500の　松の葉の匂い
だから行くことに　さっき決めたんだ
さっき決めたんだ

あの娘はグリーンの瞳で
いつでも待ってるからとか
モータープールの4階で
キスをしたがってたけど
さっき決めたんだ

この世の果ては　太陽が2つと
月が8つで　造られているって

そこに行くことに　さっき決めたんだ
さっき決めたんだ

# ミッドナイト・コンドル

コンドルは夜飛ぶって
聞いた話さ子供の頃
南に月が昇る季節になったら
恋人を探しに　ミッドナイト・コンドル・ブギー

夜の雲が空母に見える
悲しくなるコンドルは飛ぶ
恋しい人はビルの向こうの
岩だけで出来た森にいる

恋人を探しに　ミッドナイト・コンドル・ブギー

なんだかさぁ　つきぬけちまった
ステンレスだらけ　俺はあまりうれしくないね

コンドルは夜飛ぶって
聞いた話さ子供の頃
南に月が昇る季節になったら
恋人を探しに　ミッドナイト・コンドル・ブギー

夜の雲が空母に見える
悲しくなるコンドルは飛ぶ
恋しい人はビルの向こうの
岩だけで出来た森にいる

恋人を探しに　ミッドナイト・コンドル・ブギー

# グラスホッパーはノーヘル

グラスホッパー　ノーヘル　あたりまえじゃん
グラスホッパー　ノーヘル　あたりまえじゃん
ベイビー君に名前はいらない　国はいらない
だってベイビー　だってベイビー
ベイビーはベイビーじゃん
クライ・ベイビー

グラスホッパー　飲んでる　あたりまえじゃん
グラスホッパー　飲んでる　あたりまえじゃん
ベイビー君に名前はいらない　国はいらない
だってベイビー　だってベイビー
ベイビーはベイビーじゃん
クライ・ベイビー

# 惑星にエスカレーター

大理石のペルシア風呂
ホテル・バカンス・ビーチ
チャラチャラしようぜ
ダイヤモンドなめてさ

リー・ヴィトン
茶色いトランク
ファッキン・ベイビー

アロハ
ヴォン・ジュール
コンニチワ
チャオ

惑星にエスカレーター
行くはずさ　行くはずさ
惑星にエスカレーター
最後は二人きり

あんたクレイジーだって
思わないでよね
だってこのエスカレーター
惑星行きだから

ホット・パンツ
シケインに
MELLOW
MELLOW

惑星にエスカレーター
行くはずさ　行くはずさ
惑星にエスカレーター
最後は二人きり

最後は二人きり
最後は二人きり
最後は二人きり
最後は二人きり

惑星にエスカレーター
最後は二人きり
惑星にエスカレーター
最後は二人きり

昔、月にエレベーターをつなげる計画があったっていう話を聞いた。
あとからエレベーターとエスカレーターを
カン違いしてたことに気付いたんだけど。

# カリプソ・ベイビー

裏切りの果てに燃え上がる
愛の形はどんなだろう
教えてくれカリプソ・ベイビー
「自由に飛べる羽じゃないの」

「渡り鳥のあんたには
わからないことかもしれないけど
卵を生むあたしには
ここでカリプソ踊るしかないの」

真冬に咲くハイビスカスは
あの娘によく似てる
「枯れてゆく気がしないから
カリプソ踊るしかないの」

プエルトリカーノ・スキューバ・ハニー
海の形はどんなだろう
泳ぐ魚は何を思う
「自由に飛べる羽じゃないの」

「海を渡る羽が欲しいわ
なんてことは言わないけど
卵を生むあたしには
ここでカリプソ踊るしかないの」

真冬に咲くハイビスカスは
あの娘によく似てる
「枯れてゆく気がしないから
カリプソ踊るしかないの」

裏切りの果てに燃え上がる
愛の形はどんなだろう
教えてくれカリプソ・ベイビー
「自由に飛べる羽じゃないの」

「渡り鳥のあんたには
わからないことかもしれないけど
卵を生むあたしには
ここでカリプソ踊るしかないの」

「ここでカリプソ踊るしかないの」

# モンキー・ラブ・シック

エヴァーグリーン　湖
モンキー・ラブ・シック・ウォーター・ベイビー
ホワイト・ツリー　縦揺れ
モンキー・ラブ・シック・ウォーター・ベイビー
エヴァーグリーン　湖
モンキー・ラブ・シック・ウォーター・ベイビー

エヴァーグリーン　湖
モンキー・ラブ・シック・ウォーター・ベイビー
ホワイト・ツリー　縦揺れ
モンキー・ラブ・シック・ウォーター・ベイビー
エヴァーグリーン　湖
モンキー・ラブ・シック・ウォーター・ベイビー

窓をつき破る　元に戻る
窓をつき破る　元に戻る
アシッド　アシッド　アシッド　アシッド

窓をつき破る　元に戻る
窓をつき破る　元に戻る
アシッド　アシッド　アシッド　アシッド

エヴァーグリーン　湖
モンキー・ラブ・シック・ウォーター・ベイビー
ホワイト・ツリー　縦揺れ
モンキー・ラブ・シック・ウォーター・ベイビー
エヴァーグリーン　湖
モンキー・ラブ・シック・ウォーター・ベイビー

エヴァーグリーン　湖
モンキー・ラブ・シック・ウォーター・ベイビー
エヴァーグリーン　湖
モンキー・ラブ・シック・ウォーター・ベイビー
エヴァーグリーン　湖
モンキー・ラブ・シック・ウォーター・ベイビー
エヴァーグリーン　湖
モンキー・ラブ・シック・ウォーター・ベイビー

足の生えたネイビーブルー
暗くなったら公園
足の生えたネイビーブルー
暗くなったら公園

ラブ・シック・モンキー・ショット・イン・ザ・ダーク・パーク

# モンキー・ラブ・シック
## # SCENE 2


黒いスピーカーを積み込んだ　そのネイビーブルーの国産トヨタの
２本線のライトの先でよろめいたラスタスーツが
ビッコをひくマネで車を止めた
「お願いだ　生まれた街まで行ってくれないか」


背の低いマットレスに空きビンが６つ
雲った街にエッフェルがだけどしっかりと立っている
WATER BABY SAID
「火の付いたポリエステルの気持ちをわかりたいと思わない？」
時速 400 マイルの２時間 45 分
結局着いたのは湖だった
　トミーチェンバロのオペラはちょうど
灰色の山のふもとからきたカラスと
流木と小魚の海から来たカモメが
　プラスチックと洗剤の泡で白く濁った
川の上で出会うシーン
「砂と岩だけでできてるあの星は赤くてとてもキレイ
　君の白い羽が血で染まるみたいにね」
ファッキン・ディズニー
ファッキン・ディズニー


どこまで行っても　とがった緑
白い皮の木　誰も届かない空
モンキー・ラブ・シック・ウォーター・ベイビー


時速 400 マイルの２時間 45 分
結局着いたのは湖だった
結局着いたのは湖だった

## 星のメロディー

二人はここで　宇宙船を見てた
夜が太陽を飲みこんでもまだ
月が鳥を眠りつかせても
二人は逃げるつもりはなかった

聞こえるだろう　星のメロディー
落ちてくる　星のメロディー
身体ごと　受けとめて
落ちてゆく　星のメロディー

二人はここで宇宙船を見てた
闇が人を埋めつくしてもまだ
鹿の群れが撃ち殺されても
二人は逃げるつもりはなかった

聞こえるだろう　星のメロディー
落ちてくる　星のメロディー
身体ごと　受けとめて
落ちてゆく　星のメロディー

二人はここで　宇宙船を見てた
夜が太陽を飲みこんでもまだ
月が鳥を眠りつかせても
二人は逃げるつもりはなかった

聞こえるだろう　星のメロディー
落ちてくる　星のメロディー
身体ごと　受けとめて
落ちてゆく　星のメロディー

落ちてくる　落ちてゆく
落ちてくる　落ちてゆく
落ちてくる　落ちてゆく
落ちてゆく　星のメロディー

## ネバー・エンド・サンセット

この深い空は　どこまでも続く
やがて暗闇が青を支配して
別の星達と話したりする
ヤシの木はジュースをこぼしてしまう
彼女はドーナツを作り
まるで私みたいねと言う
そんな時にいつも思うのは
あの娘と踊りたいだけ
あの娘と踊りたいだけ
太陽浴びて月と暮らそう　ずっと　ずっと


死んだらみんな　物体と呼ぶ
昨日　小説家が話していた
肉体に魂がなくなれば
ただのカタマリ　肉なんだって
感情がなくなって
痛みを忘れ去る
そんなの誰にわかるのだろう
そんな時いつも思う
あの娘と踊りたいだけ
太陽浴びて月と暮らそう　ずっと　ずっと


この深い空は　どこまでも続く
やがて暗闇が青を支配して
別の星達と話したりする
ヤシの木はジュースをこぼしてしまう
彼女はドーナツを作り

まるで私みたいねと言う
そんな時にいつも思うのは
あの娘と踊りたいだけ
あの娘と踊りたいだけ
太陽浴びて月と暮らそう　ずっと　ずっと　ずっと　ずっと

ずっと　ずっと　ずっと　ずっと
ずっと　ずっと　ずっと　ずっと

# ジプシー・サンディー

流れてゆく夜と時間の途中で
12月が汚れ始めたその時から
あの子に居場所はいらない
空と海と大地に降り立って人から人へと
ジプシー・サンディー　ジプシー・サンディー

寒がりのパンクス　吐く息はダイヤモンド
チャイナドレスのあの子に一目惚れ
ずっと彼女と二人でいれたら
それだけでいいと言って笑った
流れ星みたいにゴージャスに踊って
誰にも気付かれず消えてった　ジプシー・サンディー
ジプシー・サンディー　ジプシー・サンディー
ジプシー・サンディー　ジプシー・サンディー

ジプシー・サンディー　ジプシー・サンディー
ジプシー・サンディー

アイスバーンをすべる　星達とララララ
フィルムメイカーにもう用はないだろう
無言の宇宙で声が聞こえる
最初からさ　何もないのは
どこかに本当に果てというものがあるなら
一度くらいは行ってみたいと思う
ジプシー・サンディー　ジプシー・サンディー
ジプシー・サンディー　ジプシー・サンディー

Let me go  Let me go  Let me go
Let me go  Let me go  Let me go

連れてくよ　犬だって猫だって
いつだって別々さ　君がそう思うなら
ジプシー・サンディー　ジプシー・サンディー
ジプシー・サンディー

# マリアと犬の夜

パステル・ライト　真夜中過ぎの　パーキングエリア　トランクの上
青白く光る　雲流れて　赤い夜に落ちてく
マリア＆ドッグ

グリーン・ドアのモーテル　シルバー・キューブ・アイス・ボックス
中には草の生えたエルビスの死骸　それと　羽だらけ

ドクロのダンス・パーティーは　骨のすき間から　アルコール垂れ流すから
あいつらはションベンをしない　だから後から撃たれない

あの娘は踊るから夜の歌　聞かせて欲しいとせがむんだ
キャラメルが溶け出して　俺はそれを　黙ってほっておいたんだけれど
アリさんが列つくって待ってるから　待ってるから早く　早くしてダーリン
マリアと犬の夜

マリアと犬の真夜中過ぎのパーキング

スピードは真っ白な　サバンナなみの嵐　景色は流れるゼロ　景色は流れるゼロ
スピードは真っ白な　サバンナなみの嵐　景色は流れるゼロ　景色は流れるゼロ

アリゾナ砂漠にまた　空から星が落ちて　地球に大きな穴　大きな穴があいた
そこに流れ込んだ　砂とマグマの下の水が交じり合って　新しい生命が
生まれた　そんな　赤い　赤い夜

あの娘は踊るから夜の歌　聞かせて欲しいとせがむんだ
キャラメルが溶け出して　俺はそれを　黙ってほっておいたんだけれど
アリさんが列つくって待ってるから　待ってるから早く　早くしてダーリン
マリアと犬の夜

## メタリック

流線形にも感情があって
それが僕にはわかるから
そんな時はいつだって気分が悪い

なんだかね本当に
気が違ってしまったかと
思う時もあるんだけど
別にいつもってわけじゃない

メタリックがひびいて
泣きさけんでいた

月の映る水面のような
君がどこにいたとしても
狂ってない夜はないし
いつだって気分が悪い

人を愛した時にはさ
人種とか国籍とか
性別とかそんなことは
ポテトチップスぐらいなもの

メタリックがくずれて
泣きさけんでいた

何かにすがるなら
どっかに魂を売っ払ったほうが
僕に合ってたんだ
それだけ

ノーヘルのラブ・ドッグ
なんでかなぁ気が合うね
海を見てるそんな時に
似てるような気がするけど

この世はさ　破滅へと
むかっているらしいんだけど
それはそれでかまわないね
僕だって同じだから

メタリックがひびいて
泣きさけんでいた
メタリックがくずれて
泣きさけんでいた

さまよったメタリック
突き刺されよメタリック

# ヴェルヴェット

スレンダー・ソウル・ロカビリー
ウッドフロア　ゆれる
ハイネケン　終わりになって
モンキーガール　口笛

なめらかなシャツを　着てるあの子と
倒れ込んだまま　眠りに落ちれば

夢なんて見ないで　悲しくなるだけだから
抱きしめていよう　ヴェルヴェット

ルールが無いのがたったひとつのルール
本当はさ　それだけが　たったひとつのルール

夢なんて見ないで　悲しくなるだけだから
抱きしめていよう　ヴェルヴェット

トランペットは嘆く　終わりなきヘブン
なめらかなシャツを　着てるあの子と
倒れ込んだまま　眠りに落ちれば

夢なんて見ないで　ヴェルヴェット


何もルールがなくて全てがうまくいけば
本当はそれが一番いいのにね。

# サンダーバード・ヒルズ

ハローベイビー
お前の未来を愛してる

大人になった
青い鳥達が
キミドリ原野
丘に集まった

少し雲った
気分のいい日
影で太陽が
目を細めてる

鉄の扉
コンクリート
突き破るほどの
声を持っている
一人の男
ついにさけんだ
ついにさけんだ
ついにさけんだ
ついにさけんだ
ついにさけんだ

ハローベイビー
俺は今を愛してる

この世の中が
青と赤だけで

できてるなら
ビルディングは
すべてまったいら
立体はみんな
ニセモノだってことさ
ニセモノだってことさ
ほんとは地球は
まるいはずなのに
ほんとは地球は
まるいはずなのに
ほんとは地球は
まるいはずなのに
ほんとは地球は
まるいはずなのに

サンダーバードの丘
風がとんでゆくのさ
風がとんでゆくのさ
サンダーバードの丘
あの娘は風になった
あの娘は風になった
俺達は風になった
あの娘は風になった
あの娘は風になった
俺達は風になった
あの娘は風になった
あの娘は風になった
俺達は風になった
あの娘は風になった

あの娘は風になった

サンダーバード・ヒルズ
サンダーバード・ヒルズ

ハローベイビー
お前の未来を愛してる
ハローベイビー

# GIRLFRIEND

世界はくだらないから ぶっとんでいたいのさ
世界はくだらないから ぶっとんでいたいのさ
天国はくだらないから ぶっとんでいたいのさ
天国はくだらないから ぶっとんでいたいのさ
希望は嘘だらけで ぶっとんでいたいのさ
だから僕はあの子と ぶっとんでいたいのさ
I LOVE YOU.


悲しみだらけの世界は 作られているから
僕はあの子と二人で ぶっとんでいたいのさ
LSD スピード シャブ ガンジャ きめて アルコール
LOVE & SEX テキーラ この子達は守りたい
争いはどうして 起こってしまうのだろう
そこに理由はないんだろ そこに理由はなんだろ
なぐりたいから なんだろ 争いたいから 争うんだろ
そこに理由はないだろう そこに理由はないだろう
悲しみだらけの世界は 作られているから
僕はあの子と二人で ぶっとんでいたいのさ
LOVE & SEX テキーラ この子達は守りたい
この子達は守りたい この子達は守りたい
I LOVE YOU.


世界はくだらないから ぶっとんでいたいのさ
天国はくだらないから ぶっとんでいたいのさ
希望は嘘だらけで ぶっとんでいたいのさ
だから僕はあの子と 二人で ぶっとんでいたいのさ
I LOVE YOU.

yusuke chiba

レコーディングの時、一回だけ歌ったのがそのまま CD になった。

# チェルシー

まるでメキシコの
暑い夜が来てさ
男達は毒を飲み
女達は愛を売る
子供達は眠れずに
窓の外を眺めてる
火の付けられた車
嬉しそうに見てる

タバコ売りは街灯の
影に立って
白目だけが光ってる
左手には
白い花が何差しか
風に揺れている
そいつが燃えると
夢になるらしい

大したことじゃないし
どこにでもあるんだけど
大したことじゃないし
どこにでもあるんだけど

チェルシーが泣いてるなら
それが世界を濡らすんだろう
チェルシーが笑うのなら
そのままでいいことなのさ

**I WANNA BABY YOU CHELSEA**

# I WANNA BABY YOU CHELSEA

塗り潰された地球儀を回して
光の住人達はしたり顔で
男達は愛を売り
女達がそれを買う
子供達は眠らずに
窓の外を

大したことじゃないし
どこにでもあるんだけど
大したことじゃないし
どこにでもあるんだけど

チェルシーが泣いてるなら
それが世界を濡らすんだろう
チェルシーが笑うのなら
そのままでいいことなのさ

# I WANNA BABY YOU CHELSEA
# I WANNA BABY YOU CHELSEA

チェルシーが泣いてるなら
それが世界を濡らすんだろう
チェルシーが笑うのなら
そのままでいいことなのさ
チェルシーが泣いてるなら
それが世界を濡らすんだろう
チェルシーが笑うのなら

そのままでいいことなのさ

I WANNA BABY YOU CHELSEA
I WANNA BABY YOU CHELSEA

## 水色の水

ルチーノのとなりには　いつだってリリカが
リリカのとなりにはいつだってルチーノが
車の中で愛を作って　手配師をひき殺して
水色の水はどこ？　水色の水を探しに
最果ては音のない世界　世界　世界　世界

青い車はバックギヤには入らない
メーターもひとつしかないけれど　窓は開くよ
風を受け　雨飲んで　太陽が沈むのを見てた
どうしてだろう　この星がこんなに星に見える
最果ては音のない世界　世界　世界　世界

林の中　麦畑　ハイウェイを　海沿いを
ビルの闇　二人は突き抜けて走ってた
時々リリカはひざをかかえたりしてる
水色の水はどこ？　水色の水はどこ？
最果ては音のない世界　世界　世界　世界

# PINK

グリーン・アイズ野良猫にキスをしたよ　倒れるくらい　やわらかに
海の見えるホテルの壁にあの娘の名をけずってから
PINK のティーンエイジ・ランデブー
PINK の青い夜
ねぇ　月にうたえば

知らない街のマーケットのシャッター　火をつけて歩いてた
チェーンを振りまわして　シャンパンぶちまけたりしてる　さみしいんだろ？
PINK のティーンエイジ・ランデブー
PINK の青い夜
ねぇ　月にうたえば

坂の途中　幹線道路　ガードレールの上腰かけて
足をぶらつかせて　流れるライト描いた絵を見てる
PINK のティーンエイジ・ランデブー
PINK の青い夜
ねぇ　月にうたえば

うたえば
うたえば
うたえば
うたえば

## デビル・スキン・ディーバ

ペテン師が女にだまされた夜
瞬間は訳なく理由もなく来る
吸いついてとろけて夢中になってたら
瞬間は黙って理由もなく来る
デビル・スキン・ディーバ

惑星のリズムであの娘が揺れる
瞬間は訳なく理由もなく来る
この世の中に本当に美しいものは
もうありはしないのとうたう
デビル・スキン・ディーバ

雨の降る昼　窓を眺めて
黒猫が言う　悪魔が横切った
惑星のリズムであの娘が揺れる
瞬間は訳なく理由もなく来る
デビル・スキン・ディーバ

# エレクトリック・サーカス

昼間の街は平らな庭で　夜になってから花が咲く
赤いサイレン　ライトの群れ　クラクションの中キスをした
俺達に明日がないってこと　はじめからそんなのわかってたよ
この鳥達がどこから来て　どこへ行くのかと同じさ
エレクトリック・サーカス　燃えあがる空
澄みきった色の　その先に散る

きらめくタイヤ火花散らして　地鳴りのエンジンが踊ってる
そこにいるはずの星と月　やわらかに通る彼女の声
エレクトリック・サーカス　燃えあがる空
澄みきった色の　その先に行く

俺達に明日がないってこと　はじめからそんなのわかってたよ
この鳥達がどこから来て　どこへ行くのかと同じさ
エレクトリック・サーカス　燃えあがる空
澄みきった色の　その先に散る
エレクトリック・サーカス　その先に行く
夜になってから花は咲く

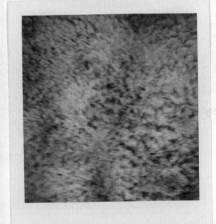

FULL MOON

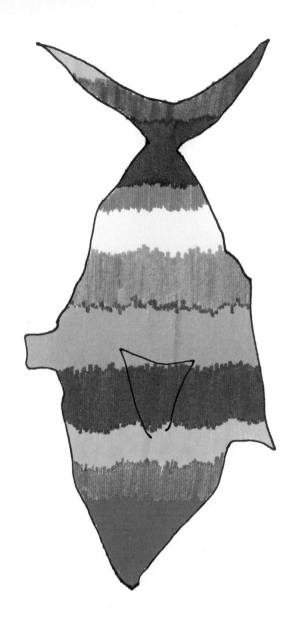

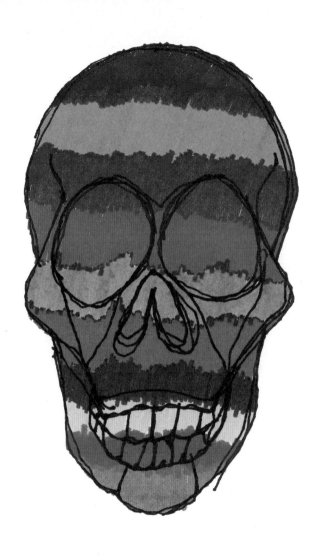

## Voodoo Club

真っ赤なきつい階段を降りてゆくと　そこはまるでプラスチックの
妖精が飛びまわる　吐き気がするような　原色世界
俺はすぐにここが　どこかだかわかっちまった
想い出したように鳴るオルガン　化粧の流れた女達
ソファーに押し倒されているグリッター　撃ち抜かれたバイブル
俺の身体と　赤いハートは　いったいどこに行っちまった？
HEY! ここは Voodoo Club　ムチムチボディーさけんでいるぜ
HEY! ここは Voodoo Club　朝になったら呪文が解けて
みんなカボチャに返っちまうのさ

色あせた国旗　首を振って床をつつくニワトリ
歌い尽くしたテノール歌手がぼやけた笑顔で
喉を焼く酒を一口ずつ飲んでいる　スローモーション　早送り
俺の身体と　赤いハートは　いったいどこに行っちまった？
HEY! ここは Voodoo Club　シルクハットがさけんでいるぜ
HEY! ここは Voodoo Club　朝になったら呪文が解けて
みんなカボチャに還っちまうのさ
だから踊り尽くすんだ　だから踊り尽くすんだ
だから踊り尽くすんだ　だから踊り尽くすんだ

毒リンゴを配りながら奴は耳打ちした
これを食ったら何でも青くなるんだって
気付いたら自分のベッドに倒れていた
左手には毒リンゴ
かじった後は無いみたい
シド・ヴィシャスにはたくさん会ったけど
もう一度行ってみたいとは思わないね
だってきっとそれは俺自身　だってそれは俺自身
HEY! ここは Voodoo Club　ムチムチボディーさけんでいるぜ

HEY! ここは Voodoo Club　朝になったら呪文が解けて
みんなカボチャに還っちまうのさ　みんなカボチャに還っちまうのさ
だから踊り尽くすんだ　だから踊り尽くすんだ
だから踊り尽くすんだ　だから踊り尽くすんだ
しばらくしてピーナッツ通りを通りかかったら　そこは一面のカボチャ畑
俺はそこに青いションベンをひっかけて　大きくなれよって声をかけた

## 君の光と僕の影

黒いエルビスが白い歯を見せて
ゆっくりと話しかけてきた
灰色に濁った目をして
「枯れた悲しみ忘れたら？」

ひとりぼっちのクマ　山に帰った
ひとりぼっちのクマ　山でもひとり
ひとりぼっちのクマ　山に帰った
ひとりぼっちのクマ　山でもひとり

## VOODOO CLUB STORY

ある朝目がさめたら　黒いエルビスがベッドの脇に静かに立っていて
白い歯を見せながらゆっくりと話しかけてきたんだ
「もうすぐあいつが帰ってくるぜ
ピーナッツ通りのブゥードゥークラブに行ってみな」


奴の言う通り俺は自動販売機の配達の仕事を終えたその日の夜
くさったバンドの匂いのする通りの行き止まりにある
たまに破裂して　バチバチ音を立てて
気分でついたり消えたりするネオンの下に　入ってゆくことにしたんだ
外にはモスグリーンのオープンカー
そのとなりにはタイヤが３つ無いフォードに
目だけが光るつながれたグレイハウンドが２匹
まっ赤なきつい階段を降りると
そこはまるでプラスチックの妖精が飛びまわる
吐き気がするような原色の世界　俺はすぐにここがどこかわかっちまった
想い出したようになるオルガン　化粧の流れた女達
色あせた国旗　首を振って床をつつくニワトリ
ソファーに押し倒されているグリッター　撃ち抜かれたバイブル
歌い尽くしたテノール歌手がぼやけた笑顔で喉を焼く酒を
一口ずつ飲んでいる
スローモーション　早送り　轟音　静寂
俺の身体と心臓はどこに行っちまった？
「HEY!　ここは VOODOO CLUB!
朝になったら呪文が解けてみんなカボチャになっちまうぜ」
シルクハットから毒リンゴを配りながら奴は俺に耳打ちしたのさ
「これを食ったら何でも青くなるんだぜ」


気付いたら俺は自分のベッドに倒れていた　左手には昨日の毒リンゴ
かじった後は無いみたい

結局のところ　帰ってきたのは俺自身ってことなんだろう
シド・ヴィシャスにはたくさん会ったけど
もう一度行ってみたいとは思わないね
しばらくしてピーナッツ通りを通りかかったら　そこは一面のカボチャ畑
俺はそこに青いションベンをひっかけてあの娘の家に車を出したんだ

# Star Carpet Ride

手に取ってみたいと思う
すくいあげるよ星の川
続く先にあるのは
夜の向こう側かな
そこには水があふれていた

静かに遠くなるのは
回る観覧車模様
たてにななめにゆれて
渦巻いてふくらんでゆく
そこには風が吹いていた

ドレミの音はもう聞こえない
言葉にもう用はない

スター・カーペット・ライド
スター・カーペット・ライド
スター・カーペット・ライド
スター・カーペット・ライド

気付かないでいるだけさ
宇宙は黒くなんかなくて
純粋に透明な
だけなんだってこと

あの星に原色の
花咲く季節が来て
君の肩には雪が
降り始めているだろう

すべり出すよ
波打って

ROSSO をやろうとしてた頃に
テルさんとセッションして作った。

## 森のアリゲーター

CRY OF LOVE　　CRY OF LOVE
CRY OF LOVE　　CRY OF LOVE
CRY OF LOVE　　CRY OF LOVE

たわむれる森の中　クマさんは眠ったふり
スクーターがはしゃいでも　クマさんは眠ったふり

CRY OF LOVE　　CRY OF LOVE
CRY OF LOVE　　CRY OF LOVE
CRY OF LOVE　　CRY OF LOVE
CRY OF LOVE　　CRY OF LOVE

I CAN'T HELP YOU.

ジャングルの河の中でトリップしながら
あの娘と裸でじゃれていたら
体長 10 メートルのアリゲーターが水しぶきをあげて
クレイジーな君とクレイジーな僕はワニにくわれた
ワニにくわれた

## Blue Waltz

空が青いのは　鳥が迷わないように
海が青いのは　魚が溺れないように
青のワルツで出来ている
青のワルツで出来ている

まったく別のメロディーにのせてた。
この曲のできる何年も前のこと。

# 1000 のタンバリン

折れてる十字架　生きている　生きている
疲れたカーニバル　それでも笑っていたい

やがてスコールは降りやんで　鳥達はまた飛んだ
うすいビールを飲み干して　鳥達はまた飛んだ

点いたり消えたりの　気分屋ネオン・ジュリー
流れる泥水　海までゆけるだろう

やがてスコールは降りやんで　鳥達はまた飛んだ
うすいビールを飲み干して　鳥達はまた飛んだ

そして見上げれば 1000 のタンバリンを
打ち鳴らしたような星空
だからベイビー　僕はどうしたらいいとか
そんなことなんて知りたくはない
だって見上げれば 1000 のタンバリンが
1000 のタンバリンが

少女が失くした　プラスチック・リングを
見つけた　ほこりまみれ男の子は得意顔で

やがてスコールは降りやんで　鳥達はまだ飛んだ
うすいビールを飲み干して　鳥達はまた飛んだ

そして見上げれば 1000 のタンバリンを
打ち鳴らしたような星空
だからベイビー　僕はどうしたらいいとか
そんなことなんて知りたくはない

だって見上げれば 1000 のタンバリンが
1000 のタンバリンが

ずいぶん前に、詞も曲も作り上げてて、
ギターのリフも全部決めてた。
ツアー中のバスの中の、頭ん中で作ってた。
曲にする前に書いたのが、もうひとつの詩。

# 1000 のタンバリン

とにかく天気のいい日は気分がいい
あの娘と二人で眠ってた車が激突してもえあがっても
格闘技をまともに見ることはできないだろう
無数のタンバリンが打ち鳴らされたような星空
屋根のない BAR で横には星型のネオン管
突然雨が降り出して逃げ迷う客達
ずぶ濡れのまま動かない男　雨でうすくなったビールを
そのまま飲みながら　どこかを見ている
ぼやけたビルディング　遠い国　きっとそこにあるはずの山
雨やどりしている蟻　黙っている鳥　タイヤの無い車
流れ始めた泥水　傾いたテーブル　色あせた国旗
パチパチと音をたてるネオン→気分でついたり　消えたり
想い出したように鳴るアコーディオン
雨がやんで踊りだす　5ヶ所音の出ないピアノ
りんかくのはっきりした目　化粧を落としたあの娘
砂漠から来た風　顔を洗う猫　恋人は黒猫
口のあいたスチール缶　歌い尽くしたテノール歌手はぼやけた笑顔で
喉を焼く酒を一口ずつ飲んでいる
キスをしている二人　地面をつつくニワトリ　髪型を直す若者
モスグリーンのオープンカーがクラクションを鳴らす
丸いテールランプ　F・U・C・Kと書かれたナンバー
二人乗りの125cc　甲高くてヒステリックなエンジンの音
お気に入りのプラスチックの指輪が見付からなくて泣いている
小さな女の子　それを探している男の子　「あったよ　ほら」
そして空には1000のタンバリンを打ち鳴らしたような星達

# サキソフォン・ベイビー

感電した　蛇みたいに　ビニール・ブーツ　うたってた
SWING SUCK SUCK SUCK SAXOPHONE BABY
SUCK SUCK SUCK SAXOPHONE BABY
SUCK SUCK SUCK SAXOPHONE BABY
SUCK SUCK SUCK SAXOPHONE BABY

澱みきった　耳から耳へ　突き抜けた　息づかい
SWING SUCK SUCK SUCK SAXOPHONE BABY
SUCK SUCK SUCK SAXOPHONE BABY
SUCK SUCK SUCK SAXOPHONE BABY
SUCK SUCK SUCK SAXOPHONE BABY

はりついて　離れない　うろこには　愛のTATOO
SWING SUCK SUCK SUCK SAXOPHONE BABY
SUCK SUCK SUCK SAXOPHONE BABY
SUCK SUCK SUCK SAXOPHONE BABY
SUCK SUCK SUCK SAXOPHONE BABY

SAXOPHONE BABY
SAXOPHONE BABY
SAXOPHONE BABY
SAXOPHONE BABY
SAXOPHONE BABY

サキソフォンと蛇はとてもよく似てる。

## アウトサイダー

冷えすぎたカナダ・トナカイは
インディアンの仲間だったらしい
黄色がかった粒に惹かれて
タイヤの無い車に乗ってビーチに向かってた

マンドリンを肩にぶらさげて
フラミンゴな彼女のことうたう
雪の降る国を知らずに
レールの無い列車に乗ってビーチに向かってた

浮かれあがった景色が　そこにあるはずなんだが
ちっとも動かねぇのは一体どうしてなんだろう

この星にメロディーを
あの子にキスを
君にロックン・ロールを
それだけで生きてけんのは　ちっとも不思議じゃねえよ

いかれちまった景色が　そこには広がってんのさ
あんたにはきっとなんにも見えねぇだろうけど

いかれちまった景色が　そこには広がってんのさ
それだけで生きてけんのは　ちっとも不思議じゃねえよ

## ハンドル・ママ

ハンドルは私が握っているから
行きたい場所を言ってよね　ねぇダーリン
ここにはいられないから
メリケン・ブルーの先まで
連れていってくれないか　お願いだベイビー
どこにあんの？　まっさらなとこ　どこにあんの？
MAMA！

あの娘と二人で　眠ってた車が
激突して火を吹いた　それでも
格闘技をまともに
見ることは出来ないのさ
雨やどりしている　蝶々みたいに
どこにあんの？　まっさらなとこ　どこにあんの？
MAMA！

ぶっ放したピストルは
誰も殺さない流れ星小さな
きっとそこにあるはずの
山に突き刺さったまま
ジリジリゆって輝いてるぜ　いまだに
ぶっ放したピストルは　流れ星
MAMA！

# 動物パーティー

デボラの家に行って　やろうぜ動物パーティー
始まるぜカミナリ・ショー　踊るよパンサー・ビキニ

デボラはここら辺から　南へ200マイル
ポリネシアンヒルの真ん中ぐらいに住んで
猿が2匹　黒猫　七色オウムハッピーと
歌口ずさみながら　毎日過ごしている

悲しいことがあると　大抵向かってるのさ
モスグリーン・オープン・カー　それが目印だった
デボラの家に行ってやろうぜ　動物パーティー
始まるぜカミナリ・ショー　踊るよパンサー・ビキニ

ある日の朝　白骨死体を誰も来ない
砂浜で見付けた　近くには前足を
あげたライオンのマーク　指輪と靴下で
作った人形が　笑顔を見せていた

制服は不機嫌に　ガムをくちゃくちゃで言った
「このあたりじゃ別に　珍しくもないぜ」
デボラの家に行って　やろうぜ動物パーティー
始まるぜカミナリ・ショー　踊るよパンサー・ビキニ

白い湖を　釣り人達の横
あの娘は裸で　キラキラ泳いでゆく
そこから河の上の方　僕は歩いて行った
この色は一体　何て言えばいいんだろう

Hello Debbie

Hello Debbie

ある夏の日、除々に雷が近づいてきて、
ものすごい光と音がして、家中の電気が消えた。

# さよならサリー

中世のお城の窓　ピエロの影が見える
フリフリの袖ゆらして　レッスンに夢中みたい

キツネのエリマキ強盗　コンビニの電話の前
俺のアタマのレーダーが　奴は CIA だとささやく

BABY IT'S ALL RIGHT
BABY IT'S ALL RIGHT
BABY IT'S ALL RIGHT
さよならサリー

ジャングルビート・ココナッツ
タイかどっかそんな感じの
リゾートホテルのロビー　床の味は最低

BABY IT'S ALL RIGHT
BABY IT'S ALL RIGHT
BABY IT'S ALL RIGHT
さよならサリー

クジラが空に　ムラサキの $CO_2$ を吐いて
人間には聞こえない周波数　でも嬉しそう

BABY IT'S ALL RIGHT
BABY IT'S ALL RIGHT
BABY IT'S ALL RIGHT
さよならサリー

BABY 俺は大丈夫　いらないもんが見えるだけ

# ピアス

手の平からこぼれた月明かり
流れ出すナイアガラ
あふれる水の泡には　きっとそれぞれ
行きたい場所があるんだろう

ダイヤモンド・ピアスを　ベロの上転がして
ささやいた　世界のはしっこは　ここだって

砂漠から来た風に吹かれてたら
パラボラが刺さってた
僕から出る血はなぜかいちご味
NASA にだってわからない

ダイヤモンド・ピアスを　ベロの上転がして
ささやいた　見えるだろ青いバラ咲いたのが

ダイヤモンド・ピアスをベロの上　転がして
ささやいた　大気圏のちょっと上　見えるだろ
青いバラ咲いたのが　ジェット機のはるか上
ダイヤモンド・ピアスを　ベロの上転がして
ささやいた　世界のはしっこは　ここだって

# TULIP

通り過ぎていった　流れて消えた
俺はそんなただの　瞬間の景色

緑に光るトンネルを走ってる
ずい分長い間　非常口はどこ？
永遠なのは　ハートに刻むメロウ
チューリップとそれ以外は
無くなってもかまわない
STORM LONG NIGHT
STORM LONG NIGHT

サイレンの鳴らない日はなくて
俺はハゲチョビンが 14 才と
ATM の前でキスしてるのをモノクロで見てる
コガネムシはひっくり返って起きあがれない

STORM LONG NIGHT
STORM LONG NIGHT
STORM LONG NIGHT
STORM LONG NIGHT

通り過ぎていった　流れて消えた
俺はそんなただの　瞬間の景色
永遠なのは　ハートに刻むメロウ
チューリップとそれ以外は
無くなってもかまわない

STORM LONG NIGHT
STORM LONG NIGHT

STORM LONG NIGHT

STORM LONG NIGHT

# CHAD IN HELL

それは全てが見渡せる　広い沼の底だったのさ
キャンドル・メイカーは電気のせいで仕事を失くした
そう思っていたんだけど　どうやら違うみたいだ

礫になった悪魔が言う　うすい笑みをこぼしながら
それでも俺は生きるぜ　地獄めぐりの旅を
続ける気持ちがあるから　チャドお前はどうする？

チャド！　チャド！　チャド！　チャド！

君がそんなに言うのなら　愛と夢と希望とやらは
僕には最初から用はなかったんだね　そうだろ？
君の言うその言葉　僕には違って聞こえる

チャド！　チャド！　チャド！　チャド！

この星の軸がずれて　チャドは行き場を失った
この星の軸がずれて　ずれて　ずれて　ずれて

それは全てが見渡せる　広い沼の底だったのさ
縦にゆれる光は　トンボが泳いでるみたい
沼の主は黙ってる　目を閉じて動いている

チャド！　チャド！　チャド！　チャド！

この星の軸がずれて　チャドは行き場を失った
この星の軸がずれて　ずれて　ずれて　ずれて

キャンドルが好きだ。

## Sweet Jimi

チョコレート　キャラメル　そんなもんはもういらないね
だって俺は　もともとスウィートすぎるから
なんだかムチャクチャかみつきたい　すげぇそんな気分
スウィート・ジミ　俺にはもう　何も聞こえてはないのさ

週末だけの殺し屋だから　平日はヒマだよ
昼間は公園で木を眺めて　夜はあの子と
パンクは純粋な心だって　そんな話をする
スウィート・ジミ　俺にはもう　何も言うことはないんだ

「吸血鬼がこの街に来てるって　ワクワクすんね」
目だけが光るグレイ・ハウンドが　落ち着かない顔さ
今さら血を抜かれたとしても　ドラキュラがゲロするぜ
スウィート・ジミ　ハートにヒビ　何かがこぼれ落ちてゆく

その時竜巻がおこって　それはあまりにもキレイで
俺はあの中に入りたいと思って飛び込んでみたよ
カラフルなマーブルを描いて信号やソファが宙を舞う
どこに飛んでゆくのかは知らない　そんなことは大したことじゃない

身体が　ふっとんで　宙を舞う　その気持ち
それだけが必要　他には興味ない
スウィート・ジミ　わかるだろ

Yeah　ムチャクチャかみつきたい　すげぇそんな気分
パンクは純粋な心だって　それはほんとさ
スウィート・ジミ　俺にはもう何も聞こえてはこないし
スウィート・ジミ　ハートにヒビ　何かがこぼれ落ちてるよ

# 火星のスコーピオン

見えている月にはうさぎは住んでなかった
いくつかあるうちのひとつには
見覚えがあるような花が
咲いてることもなくはないように見えてた
ほんのちょっとだけど

でも彼はその花が呼んでるように見えた
行きたいと思ってた
あそこには誰もいないはずだったし
音のすき間もないくらい静かな場所だと
思い込んでたから

火星のスコーピオン
火星のスコーピオン

やわらかなベッドもあったけど
彼はエンジのソファでいつも眠っていた
おしゃべりニックがいつ来てもいいように
ベルの音が鳴ったらすぐドアに行けるように

火星のスコーピオン
火星のスコーピオン

いつだって願ってた　神にも空にも
どうしても僕の針は
誰かを傷つけてしまうから嫌なんだ
どうか僕の針から毒を抜いてくれよ
やせすぎたっていいから

火星のスコーピオン
火星のスコーピオン

# 人殺し／ブランコ

二人は恋人　名前を知らない
明け方始発で　この街を出て行くって
窓から朝日が　差し込んで二人を照らした
くるまるコートには　ビスケットのかけら

青すぎる　あの牧場に行くつもりだったけれど
この列車はそこまでは着かないんだって
その時は知らなかった　オマワリ達がそこら中で

二人は恋人　名前を知らない

二人はひとつのブランコで重なった
片手にナイフをぶらさげて　月を見ていた
同じ匂いの風を知っていたから
何かがつながってた　それだけで

青すぎる　あの牧場に行くつもりだったけれど
この列車はそこまでは着かないんだって
その時は知らなかった　オマワリ達がそこら中で

二人は恋人　名前を知らない

「人殺し」を作ったあと
メンバーにこの話の続きを聞きたいって言われて
「ブランコ」の詞になった。

## バニラ

光る雲　願い事は　冬のマウンテン・モンスター　会いたいだけ
ジュエル・ギャル　見とれてた　燃えるキャデラック　クラクラして
泥棒も　居眠りしてる　静かな夜　誕生日に
ブラック・ベリーに　ピンクの花　見たことある？　咲いてたんだ

バニラ・アイスを口にしてあの娘は言うのさ
あなたは私の天使なんだから　どこに飛んでったっていいの

ポンコツが　四台路駐　FOR SALE の　なぐり書き
黒いネックレス　つけた女　ハイヒールを　けとばしてた

バニラ・アイスを口にして　あの娘は言うのさ
あなたは私の天使なんだから　どこに飛んでったっていいの

ティラノザウルス　歩いてた　犬が吠えた　俺は笑った
アスファルトに　落ちた瞬間　見えたんだ　冬のマウンテン・モンスター

バニラ・アイスを口にして　あの娘は言うのさ
あなたは私の天使なんだから　どこに飛んでったっていいの
でもたまには上から　名前だけでも呼んでみて
空を見上げる理由になるから　ちょっとだけ嬉しいの

Sing a Song
And Paint, Blue.

君の歌う声は泣いているから
白い世界を青に染めたよ
ダンボになったり　ピーターになったり　宙をとる
X然えてきた思考回路も青に染めたよ
青に染めたその場所から　僕らは船に乗った
君の声が青に染めて　誰もが遠い昔に帰るんだ
君の声は淋しくて何だか淋しいから
誰もが遠い昔に帰るんだ

だだって
ラッシュにだって

船らは海へと漕ぎだして
青色の海を空とひとつになろうとしてる
奏でるハートは皆同じで
君の声が青に染めたよ
ビルディングの香り　が行きみだして
あの思い出も世界も　青に染めたんだ

僕らは
どうして見おした

だからシオだ
リンゴがじゃな

# SING A SONG

君の歌う声は泣いているから
6月の白さを青に染めたよ
ダンボにだってピーターにだって聞こえてる
燃えつきた野原も青に

その場所から僕らは船に乗った
船は海へとこぎ出して鮮やかな
空とひとつになろうとしている
だから僕らはもうどうでもよかった

溶け合うハートは皆同じで
君の声が青に染めたんだ
ビルディングの影はいつか流れ出して
あの黒い世界も青に

君の声が全てを青に染めて
誰もが遠い昔に帰るんだ
やわらかで涼しく淋し気だから
誰もが遠い昔に帰るんだ

僕らはもうどうでもよかった
だから2人でリンゴをかじるよ

君の歌う声は泣いているから
6月の白さを青に染めたよ
僕らはもうどうでもよかった
だから2人でリンゴをかじるよ

大沢伸一さんから詞の依頼がきてメロディーをもらってから作った。たぶん15分くらいで書いた。

# Snowdrops

僕の街に　何年か振りの
雪が降って　あの娘は軽く
黄色のサンダル　ひっかけながら
くるくる回る　誕生日みたいに

You can feel Snowdrops Baby.

# ルルといた夏の日

あの日僕はルルと　島を眺めに来ていた
それほど大きくもない　島が海を止めてた
太陽も苦笑い　自分でも暑いなと
僕らは見上げた　何も無い季節を

ルルといた夏の日　僕ら笑えてたかな

ルルの涙はとても　潮辛いのと君は
鼻を赤くしてた　サンタはいなかったけど
ルルの涙が海を増やし続けるなら
僕らはきっといつか海に呑まれるだろう

ルルといた夏の日　僕ら笑えてたかな

太陽も苦笑い　自分でも暑いなと
僕らは見上げた　何も無い季節を

僕ら夢見てた　消えて無くなると
ルルといた夏の日　僕ら夢を見てた

# My Name Is

俺は 1981 年生まれ　今 24　ぎりぎりおうし座 5 月 21 日
なんだかチャールズとダイアナが結婚した年らしいよ
名前は言いたくない
気に入ってないからさ
まゆ毛が無いのが俺のトレードマーク
だけど目が垂れてるからさ
いつも笑ってるみたいに見えるらしいんだ
だからあだ名はピース　たぶんピースマークからきてんだろ
海岸線の小さな街でずっと育ったんだけど　全く泳げないんだよね
夏でも 10 度くらいにしかならない寒い街だったからね
ビーチもないしガケばっか
一年の 2/3 以上景色は真っ白だったよ　それでも緑はあったよ
とんがった葉っぱばっかりだけど　植物は強いよね
いつだったか床を突き破って家の中まで根っこが入ってきたからね
俺は喜んだけどすぐ切られちゃったな　そのまんま速攻暖炉行きだよ
13 になった時家出して
2 年くらいフラフラしてそのまんま今んとこに住んでる
もともとは女と住んでたんだけど　そいつは 4 年前に出てったきりだね
他に行く所もないし居心地は悪くないよ
水は隣から引いてるし電気は地下から引っぱってきた
石油ストーブもあるしトースターだってあるんだぜ
冷蔵庫はないけど窓にかけときゃ勝手に冷えるさ
でもさそろそろこんなコソ泥みたいなこともやめたいなと思ってるんだ
おとといようやくまともな彼女と付き合い始めてさ
ビール工場の配達の仕事に空きがあるらしいから
行ってみようとは思ってるんだけど
やっぱり名前は言わなくちゃだめだよなぁ
名前は言いたくない　気に入ってないからさ

My Name is.

俺は　　　　　　　　ぎりぎり
1981年生まれ.15才. おうし座. 5/21
名前は言いたくない 気にいってないからさ.
~~親父がつけたんだけど~~ キッタロなんて 15年前にはそった）.
~~〇〇〇〇〇~~

下がみに チャールズとダイアナが結婚した年なんだってさ.
まゆ毛がないのが 俺のトレードマーク だけど 目が垂れてるからさ
いつも笑ってる顔に見えるらしいんだ たからまだ今はピース. ～～　ずっと.
〇 海岸沿いの小さな街で育ったんだけど
全く泳げないんだ 夏でも10度くらいにしかならない
寒い街だからね 〇〇〇〇 ビーチもないし ガケばっか
一年の�3分の2以上 〇景色は真っ白だったよ
それでも親にはあったよ
とんがった葉っぱばっかりだけど
植物はるしいよ 〇〇〇〇家の中まで根っこが
にょっきり出てきたからね
ある時, 床を突き破ってさ! 俺は喜んだけど 連中
すぐ切られてったな
それっきりストーブ焚きだよ.
〇〇〇〇時に家出して 2年くらいフラフラして
13才になった
そのまんま今とこに住んどる
居心地は悪くないよ
他に行く所もないし
もともとは父親と住んでたんだけど
4年前に出てったきりだね

アゴ

そうそうもう
タバコ吸いたいなとかも
やめたいなとか思ってるんだ.
〇〇〇分やく まともな彼女と
おととい
付き合いはじめたんだ.
ビル工場の配送の
仕事は空きもあるらしい
から行ってみようとは
思んだけどやっぱり名前は
ネックだよな.
前は言いたくない～
気にいってないからさ.

〇てはとないからうれしいし, 電気はきてるから
石油ストーブもあるよ.
トースターだってあるんだぜ!
冷蔵庫はないけど外に置いときゃ
勝手にひえてくるよ

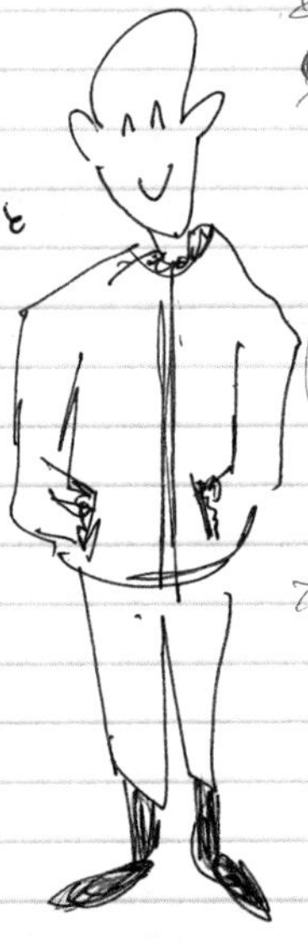

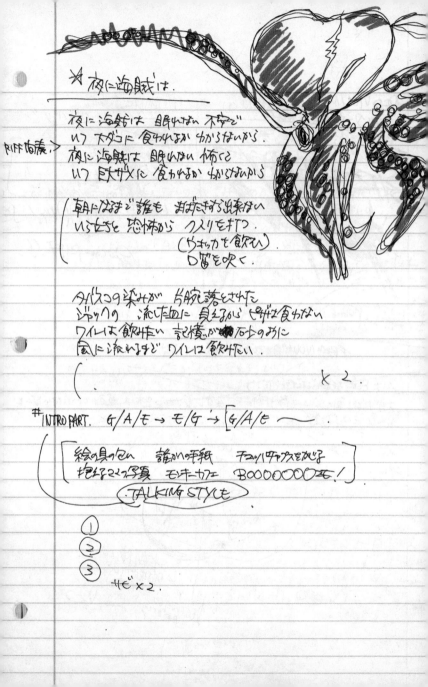

※ 夜に海賊は.

夜に海賊は　眠れない　不安で
いう　大ダコに食われるか　わからないから.

RIFF先? : 夜に海賊は　眠れない　怖くて
いう　巨大ザメに　食われるか　わからないから

(朝になるまで　誰も　おまたすけ出来ない
いうことを　恐怖から　クスリを打つ.
　　　　　(ウォッカを飲む).
　　　　　口笛を吹く.

タバスコの染みが　片目見落とされた
ジョッキの　流した血に見えるから　ヒゲは食わない
ワインは飲みたい　記憶が　石上のように
気に流れるほど　ワインは飲みたい.

(　　　　　　　　　　　　　　　× 2.

# INTRO PART.　G/A/E → E/G → [G/A/E 〜 .

絵の具の匂い　誰かの手紙　チョッパ?ックスを投げ子
抱えるこっち写真　モンキーカフェ　B0000000モ!
　　　　　TALKING STYLE

①
②
③
　　+E × 2.

# A SONG FOR GOOD NIGHT SHEEP

麦わらのベッドで眠る　月が昇る
そんな時間の合図は　おやすみ羊
ありがとう　今日もいてくれて
また明日ね

グラン・ママが話してくれた　物語は
いつも途中までしか聞けなかったよ
気付いたら朝になってた　ミルク入れてた

スプリングの飛び出たソファベッド　今はそこで
あの時の記憶をなぞる　そんな夜さ

いつまでも忘れない　おやすみ羊

# OH BABY DON'T CRY

産まれ落ちてきた　そのままだったから
君は息が詰まった
濡れて重くなった　ブーツ脱いで
君は気付いていた
ここはそういつの間に
夢を通り過ぎた後

流れ落ちて来た　星を拾って
君は大事そうに連れて帰った　2日後の夜に
星はふくらみ始めた
やがて空気が出来て　水が生まれ
草花が咲き出した
君は嬉しくなった　そして悲しくなった
この星の行く先は
自分と同じ　ここなんじゃないかって
そう思えてしまったから

OH BABY DON'T CRY
OH BABY DON'T CRY

I LOVE YOU BABY  OH BABY DON'T CRY

# ROOSTER

オンドリの白い羽を一枚一枚引っこぬいて
ひとつひとつに言葉を書いてフーッと吹いたんだ
見たことのない神だとか　太陽　オリオン座のひとつとか
理想の東京　ガールフレンドの名前　お兄ちゃんの似顔絵
昨日見た夢の一場面　たまにうちの猫の絵を描いてたりしてたな
羽が全部無くなったら次は爪や皮さ
そのあとは筋肉とか内臓　すげー長い腸　CHO CHO

僕の目の前の屋上にヨーロッパのヨロイカブトみたいな
8本のアンテナがあってそれは一体空から何をキャッチしてるのか
少しだけ知りたいと思ったのさ
そこには違う星で生きている生き物からのメッセージとか
自分自身の泣き言やら　君が心の中で思ってることや
最近よく会う野良猫の気持ちが集まってたりするんじゃないかって
だけどそのアンテナは全部ミサイルが飛んでこないかって
見張ってただけなんだってさ

ベイビームーンはスヤスヤと
ベイビームーンはスヤスヤと

全ては風に乗って誰かに届いてるはずさ
全ては風に乗って誰かに届いてるはずさ

PRESENT FOR YOU ! PRESENT FOR YOU !
PRESENT FOR YOU ! PRESENT FOR YOU !

広い草原に君は立っている　オレンジの皮で染めたワンピースを着て
なだらかな丘を下っているとき　一枚の羽を見つける
そこに書いてあったのは LOVE & PEACE

それで君は返事を書くことにする
タンポポの種にも聞こえないくらい小さく "FUCK YOU"
その日の午後君は大きな丸太小屋のあたたかな匂いのする家で
「ミルクティーにはブラウンシュガーよ。レモネードも入れてよママ。
ねぇクジャクはいつになったら飛んでくるの？」って言うのさ

ベイビームーンはスヤスヤと
ベイビームーンはスヤスヤと

全ては風に乗って誰かに届いてるはずさ
全ては風に乗って誰かに届いてるはずさ

PRESENT FOR YOU！PRESENT FOR YOU！
PRESENT FOR YOU！PRESENT FOR YOU！

窓を開けて羽を見つけたら
ドアを開けて羽を拾ったら
それを握りしめてどこかに出かけよう
まだ見たことのない景色を探して
そこに何があるかは知らないけれど
そこに何があるかは知らないけれど

PRESENT FOR YOU！PRESENT FOR YOU！

全ては風に乗って誰かに届いてるはずさ

同じクリスマスの日に一気に3つ作った。

## 眠らないジル

ブルーに染めた犬とソファねそべり
ビョークはきっとビョーキだわってくだらない
駄洒落を言って大あくびしている
好きなくせに何か一言言いたがる

ありったけのキャンドルに火をつけて目を見開いて
グレタ・ガルボのファッションに釘付け
近くには冷えきったクラムチャウダーの皿が
ニンジンだけ残してシルバーのスプーンくすんでる

とんがったロックを聞かせて
あたしを夢中にさせて

黒いハイヒールかかとには盗んだ
ダイヤ埋めこんでコンクリートけずる
細い足首は自由なリズム
足跡はピチカート　たまに8ビート

とんがったロックを聞かせて
あたしを夢中にさせて

眠らないジルは同時に3本の映画
見ながら全て理解しつくしてる
だけど破裂しない　そのやわらかな胸が
何もかも包みこむ　そんな感じもしてる

とんがったロックを聞かせて
あたしを夢中にさせて
とんがったロックを聞かせて

あたしを夢中にさせて

クリスマスの数時間で
「ROOSTER」と「発光」と、全部一気に書いた。

# WALL

とんでもなく HAPPY とんでもなく CRAZY
とんでもなく SWINGIN'
そんな夜がもう毎晩始まってるんだぜ
俺とお前との間に壁なんて全く見えねぇし
見えない壁なんてもんは最初から無いのさ

俺の気分はそん時そん時でコロコロ変わっちまうからさ
さっきまでぶっこわしてたと思ったら今じゃヘラヘラ笑ってんのさ
俺のハートに直線なんてもんは無いしね
ましてや何が正しいかなんて知りたくもねぇぜ

LOVIN' な BABY　　それだけで
LOVIN' な BABY　　それだけで

ALLRIGHT ALLRIGHT EVERYTHING'S GONNA BE ALLRIGHT
ストロベリーにグラニュー糖ぶっかけたようなさ
そんな甘いストーリーに初めから用はねぇしよ
ましてやお前の気持ちなんてわかりたくもねぇぜ

LOVIN' な BABY　　それだけで
LOVIN' な BABY　　それだけで

HAPPY CRAZY SWINGIN'
HAPPY CRAZY SWINGIN'
俺とお前との間に壁なんて全く見えねぇし
見えない壁なんてもんは最初から無いのさ

LOVIN' な BABY　　それだけで
LOVIN' な BABY　　それだけで

LOVIN' な BABY　それだけで
LOVIN' な BABY　それだけで

# 発光

屋根のはげたジャガー　油性のペンキぶっかけて
ガムのにおいのする　シートに潜り込んだ
光り出した青は冬　冷たさはマイナス6
僕は胸のペンダント　キスをして眠った
ペンキのすき間から　コーラのビンが降った
ベロに生えたシルバーをなめながら思うのは
飛行機からは赤がターゲット　青いジャガーは見えない

朱のレンガの街には　帰りたくなかったから
ずっとかくれていた　息もしどろもどろに
そしたらハートが青く光り始めて
僕は屋根を抜けて　宙に浮かんでいた

全てが氷のように固まって動かない
僕だけがフワフワとあたりを見回していた
吸い込む空気はマイナス6の上空
散らばる光達は生きていると思う
風になびく葉とか動物の毛並のよう

光り出した青は冬　暗闇に飲まれない
どこかに強い意志を持ってる発光

永遠に続く誰も逃げられない
ビートの裏側あの娘抱きしめた
光り出した青は冬　暗闇に飲まれない
どこかに強い意志を持ってる発光

永遠に続く誰も逃げられない
ビートの裏側あの娘抱きしめた

光り出した青は冬　暗闇に飲まれない
どこかに強い意志を持ってる発光

これもクリスマスの日に一気に書いたひとつ。
自分でもびっくりした。

# stupid

I know, I'm a Stupid. But I'm a Real Stupid.
観覧車をよじのぼる　アクロバットが得意なんだ
もともと仕事ははったりで　身体は丈夫なほうみたい
I know, I'm a Stupid. But I'm a Real Stupid.

絶望ってやつと　希望ってやつは
タチが悪いから　すぐ入り込めるぜ
神様ってやつと　悪魔ってやつは
そこら中にいるぜ　うようよしてるぜ

I know, I'm a Stupid. But I'm a Real Stupid.
生まれつき手クセが悪いからさ　おもちゃに困ったことは無いね
ピストル，パチンコ，風船ガム　ムービースターはベットベト
I know, I'm a Stupid. But I'm a Real Stupid.

絶望ってやつと　希望ってやつは
タチが悪いから　すぐ入り込めるぜ
神様ってやつと　悪魔ってやつは
そこら中にいるぜ　うようよしてるぜ

I know, I'm a Stupid. But I'm a Real Stupid.
一体ここはどこなんだ？　ちょうちんあんこうの腹の中か？
だったらこの壁切り裂いて　大気圏ぐらい突破してやるよ
I know, I'm a Stupid. But I'm a Real Stupid.

絶望ってやつと　希望ってやつは
タチが悪いから　すぐ入り込めるぜ
神様ってやつと　悪魔ってやつは
そこら中にいるぜ　うようよしてるぜ

I know, I'm a Stupid. I know, I'm a Stupid.
I know, I'm a Stupid. I know, I'm a Stupid.

輝いてたゴミはさ　結局シンドロームと一緒に消えちまって
ひっかき回してっただけで　あの娘のギターに傷をつけたよ
I know, I'm a Stupid. I know, I'm a Stupid.
I know, I'm a Stupid. But I'm a Real Stupid.

絶望ってやつと　希望ってやつは
タチが悪いから　すぐ入り込めるぜ
神様ってやつと　悪魔ってやつは
そこら中にいるぜ　うようよしてるぜ

ギターのリフと曲と詞が同時に出来た。

# KIKI The Pixy

クリーム色の廊下で　北東のオレンジを見てる
思ったより速い動き　驚いたような顔してる
魔法は使えない　キキ
出来そこないの　ピクシー・キキ

黒い太陽は実は　蝶々の大群で出来てて
うっすらと光るのは　そいつらのりん粉なんだって
思い込んでる　ピクシー・キキ
小さな声でつぶやいた

星くずスタンダード　この曲だけは　歌えるのって　キラキラ笑う
"レミレドレドシドシソ　レミレドレドシドシソ
ラララララララララ　星の涙が"

私は本当はエル・ドラドに住んでいたのって
でもなんか違うってずっと　思ってただから飛び出した

笑っておくれ　ピクシー・キキ
小さな声でつぶやいた
魔法は使えないキキ
出来そこないの　ピクシー・キキ

星くずスタンダード　この曲だけは　歌えるのって　キラキラ笑う

## 白い蛇と灯台 -前編-


風の強い午後1時　白い蛇は灯台に昇った
空と海が見渡せる一番上の階に行くまでに7時間半かかった
だから昼間の眺めは見ることができなかった
白い蛇はその日の夜　その一番上の階で眠った

夜、夢に天使が降りて来て「あなたに足をあげるわ」と言った
白い蛇はそんなものいらないよって言った
僕には目に見えない足が何百とついているんだから
天使は笑ってさよならと言った　白い蛇もさよならと言った

朝日が登って白い蛇は目を覚ました
光が全てを包み込んでいた　白い蛇は目が痛くなった
白い蛇は灯台に住むことにした

----- つづく

## 白い蛇と灯台 -後編-

白い蛇はある日小さなヨットを見つけた
老夫婦が2人お互いを思いやりながら
風を受けて漂っていた
白い蛇は彼らがどこに行こうとしてるかなんて
一秒たりとも考えなかった
老夫婦もどこに行こうなんて考えていなかった
ただ浮かんでいるだけでよかった
ある日灯台の管理人が上まで上がってきた
彼は白い蛇に驚いて階段を転げ落ちて死んだ
白い蛇はとても悲しかった
その日から白い蛇の目は赤くなった
でも白い蛇は灯台が好きだった
だからそこに残ることにした
そして毎日　光に包まれたり　風に吹かれたり
寒さに凍えたり　雨に濡れたりして
一生そこに住み続けた

----- おしまい

RAVEN の頃に書いた詞。

# ハレルヤ

無重力の中フットボールをしてみたいね
そんな時代がいつか来るとも思えないけど

ハレルヤ　ハレルヤ　ハレルヤ　ハレルヤ

君の描いた夢はどんなのだったっけ
世界中に落ちたいん石の博士か！

ハレルヤ　ハレルヤ　ハレルヤ　ハレルヤ

単純なことなんだ君がそこにいることが
この星にとって大切なことかも

ハレルヤ　ハレルヤ　ハレルヤ　ハレルヤ

風が狂暴なまでに強い日それでも
誰を呼ぶのかカラスの鳴き声が

ハレルヤ　ハレルヤ　ハレルヤ　ハレルヤ

おとぎ話はもう終わってるはずなんだけど
彼女はそれを信じようとはしない

ハレルヤ　ハレルヤ　ハレルヤ　ハレルヤ

ハレルヤ　ハレルヤ　ハレルヤ　ハレルヤ
ハレルヤ　ハレルヤ　ハレルヤ　ハレルヤ
ハレルヤ

なぁ奇跡ってやつをもう一回信じてみよう
真夏に咲いたポインセチアみたいに

ハレルヤ

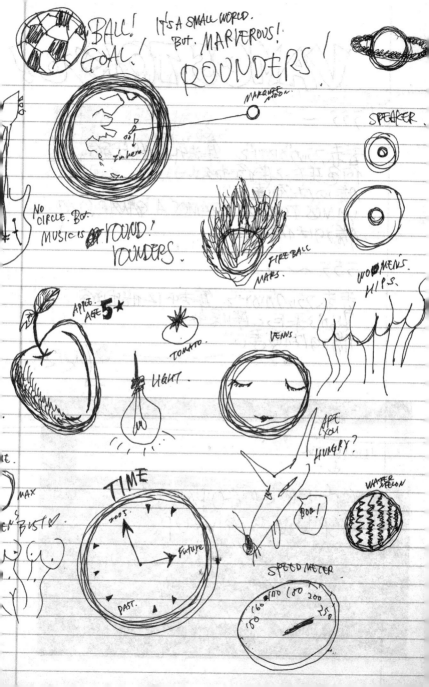

# シャチ

ノンシュガーで　ビッグウェイブをこえる
街頭ビジョンに唾吐く
ため息を口笛にしようぜ
メッセージってもんはくさってるぜ　知ってるんだろ？

シャチの狩りみたいな　純粋な欲望
さらけ出してさ　ここで踊ろうぜ

しびれるねあの娘のくちびる
つま先はパールのリングで
腰にはスネイキン・スキン・チェーン・バッグ
ロックスターが用も無いのに話しかけている

感情だけが全て　残るのは野生
逆毛を立てて　ここで踊ろうぜ

C'MON！C'MON！C'MON！

深紅のカーテン　陰からのぞく
片目の男が瞳孔開いて
手品師のタネを暴こうとしてる
現実こそがファンタジーだって思う

シャチの狩りみたいな　純粋な欲望
さらけ出してさ　ここで踊ろうぜ

C'MON！C'MON！C'MON！C'MON！

感情だけが全て　残るのは野性

逆毛を立てて　ここで踊ろうぜ
シャチの狩りみたいな　純粋な欲望
さらけ出してさ　ここで踊ろうぜ yeah

C'MON！C'MON！

# MEXICO EAGLE MUSTARD


うんざりするぜお前のしめった感じ　メキシコ行け
からっ風吸い込んで立ってれば　治るんじゃない？
鳥の死骸が降ってきた　誰かに祈りたいね

カサブランカ・タンゴ・バー　お気に入りのアイスピックで
太もも刺されたぜ　いてぇのなんの　酔いもさめた
らせん階段飛び降りた　夢はイーグルになること

ケチャップよりもマスタード粒あらめ　たっぷりとね
はく製のホワイトタイガー　マネキンがまたがってる
ショーウインドーぬりたくる Are you Happy?
なぜか涙

# Nude Rider

第三惑星にさよならを告げて　さぁどこまで行こう
あの娘はドリフトしてさ　裸のままスピンしてる

ラッタッタッタタタラッタ　ラッタッタッタタタラッタ
ラッタッタッタタタラッタ　ラッタッタッタタタラッタ
ラッタッタッタタタラッタ　ラッタッタッタタタラッタ
ラッタッタッタタタラッタ　ラッタッタッタタタラッタ

水草の匂いがして　忘れてたことを想い出す
どうでもよくなかったから　裸のままスピンしてる

ラッタッタッタタタラッタ　ラッタッタッタタタラッタ
ラッタッタッタタタラッタ　ラッタッタッタタタラッタ
ラッタッタッタタタラッタ　ラッタッタッタタタラッタ
ラッタッタッタタタラッタ　ラッタッタッタタタラッタ

未来は見えないのさ　見たくもないんだけど
お前は知りたがる　知って何がしたいの？

"Why don't you slip away babies?"

第三惑星にさよならを告げて　さぁどこまで行こう
あの娘はドリフトしてさ　裸のままスピンしてる

ラッタッタッタタタラッタ　ラッタッタッタタタラッタ
ラッタッタッタタタラッタ　ラッタッタッタタタラッタ
ラッタッタッタタタラッタ　ラッタッタッタタタラッタ
ラッタッタッタタタラッタ　ラッタッタッタタタラッタ

元々は日本語で"このまんま発狂しちまおうぜベイビー"っていう
セリフだったんだけど、イマイ君に英語で言ってもらうことになって
今の詞になった。
昔、ラッタッタってスクーターがあったよね。
関係ないけど。

# さみしがり屋のブラッディー・マネー

凍てついた街のコンビニにピーナッツを
買いに来てたチンパンジー　フェイクのロング
２本指で札をはさんで差し出して
おつりはいらないよって軽くウインクした

それを見てた彼女はクスリと吹き出して
ポケットの中で小さく中指立てて
チョコレートを嬉しそうに選びながら
こともなげに言い放った氷の文句

さみしがり屋のひとりよがりね
さみしがり屋のブラッディー・マネー

月の地肌は低い声で笑った
なんて素敵な女の子なんだろうって
チンパンジー外に出て思ってたのは
タンポポ綿帽子早く芽を出してよ

寒いからテキーラを早くくれ

アイスバーンに皮のブーツがツルツルと
滑って僕はスケートをしてる気分さ
彼女の大きな茶色い瞳見てたら
南の島のバナナボート恋しかった

寒いからテキーラを早くくれ

さみしがり屋のひとりよがりね
さみしがり屋のブラッディー・マネー

# 春雷

潔癖なカミナリを　連れていなくなった
通り雨僕らは　ずぶ濡れではしゃいでる
パワーウインドー壊れてる

羊達逃げ出して　道を塞いでいる
いら立った兵隊の　空砲が響いてる
パワーウインドーくるってる

地面に色と　ヒビ割れの絵を
つけて動いた　君に一瞬の光を

冬の終わり告げている　虹を見上げている
ムラサキのアメショーと２分顔を見合わせる
鉄塔がかすんでる

絵の具ならこの色をつくることできるかな
雲なのか空なのか　わからない　この状態
青いのか白いのか

地面に色と　ヒビ割れの絵を
つけて動いた　君に一瞬の光を

# 焦燥のバラッド

雪が降ってくる音を聞いたことがあるんだ
それはとても静かで呼吸も聞こえない
「かさかさ」でも確かに生命のようなものを
感じることができるんだ　鼓動のような

それでもどっかに何かさぁ　ぶっ壊したいような
どうしようもない何かが　巣を作ってんのさ

ビルの窓から窓へ　ヒモつけずに飛び移る
そんなくだらない遊びが昔から好きだった
ひんやりと浮かぶ感じ　あの時の気分が
忘れられない今でも　指笛鳴らせよ

焦燥のメロディーが聞こえてるから
ビリビリに破りたい　想いにかられる
むき出しの愛情ならお前にやれるよ
気に入らねぇんだったら　墓場に捨てなよ

空飛ぶ船はどこから　来てどこへ行くんだとか
楽しくてしょうがないね　星の生い立ちとか
あの娘の手を取ってクルクル踊りたい
ペパーミントスウィートキャンディー口移しながら

それでもどっかに何かさぁ　ぶっ壊したいような
どうしようもない何かが　巣を作ってんのさ
焦燥のメロディーが聞こえてるから
ビリビリに破りたい　想いにかられる

1番の詞は「発光」のPVを撮ってる時に感じたこと。途中からすごい吹雪になっちゃったんだけど。

## プレスファクトリー

沼に沈んでく　あいつの車が　もともとは
真っ白だったってことを　いつまでも覚えてるよ
廃車扱い　プレスファクトリー　従業員はみんなファンキー
ここは天国(ヘブン)　プレスファクトリー　夢だけでできてる

ここには僕の全てが　集まってセッション中
純粋に君のことが　好きかって聞かれたら
それはなんとも言えないね　はっきりしてるのは
嫌いじゃないってことだけさ　わかってただろ？　なぁ？

セスナが飛んでゆくのを　いつだって振り返る
僕に羽が生えたなら　あの娘と海に行こう
サンドイッチに　トマトはさ　入れないでほしいね
パンの耳は　切らないで　結構それは重要

廃車扱い　プレスファクトリー　従業員はみんなファンキー
ここは天国(ヘブン)　プレスファクトリー　夢だけでできてる

僕に羽が生えたなら　あの娘と海に行こう

賛美歌　歌ってた
あいつは　消えたよ

車のプレス工場のつもりだったんだけど、
"プレスファクトリー"を英語にすると出版工場みたいな意味になるらしい。

# SMALL TOWN

リスが暮らす樫の　枝に咲いた花びら
散る頃になると　人は外に出てくる

そんな小さな街に　小さな遊園地
やってきたその日から　少しだけ賑やかに

回転木馬　ゆっくりと
静かなスモールタウン　笑い声

水色のワーゲン　目玉にピースマーク
オニキスのアクセサリー　並べて水パイプ

きれいな雑草　すくすくと
静かなスモールタウン　初夏の音

静かなスモールタウン　影模様
静かなスモールタウン　子供達

すべり台の上　キラキラ浮かんでる
やわらかな陽の光　いつまでもあればいい

# FUGITIVE

スイスランド山小屋で　ダンロの前すわって
スカートの中手を入れて　長いキスをしよう

スキーヤーのバカ騒ぎ　聞こえないくらいにさ
二人は毛布の中　潜り込んであったまる

ぶどうとミルクでジュースを作ろうねベイビー
フクロウが腹をすかしてるよ

森を抜けたその先　UFO が落ちたのさ
きこりのおじさん達　宇宙人を見たって

ぶどうとミルクでケーキを焼こうねベイビー
ミミズクも腹をすかしてるよ

金魚の風船ふくらまして　腕を振って泳がそう
空がまるで水みたい　シャボンで泡を作ろう

鳥達が驚いて　大声を出している
二人は気にしていない　さぁ家へ帰ろう

ぶどうとミルクでジュースを作ろうねベイビー
フクロウが腹をすかしてるよ

スイスランド山小屋で　ダンロの前すわって
スカートの中手を入れて　長いキスをしよう
GO WAY　ハリソン・フォード　GO WAY　ハリソン・フォード
GO WAY　ハリソン・フォード
RUNAWAY　ハリソン・フォード

スキーヤーのバカ騒ぎ　聞こえないくらいにさ
二人は毛布の中　潜り込んであったまる
GO WAY　ハリソン・フォード　GO WAY　ハリソン・フォード
GO WAY　ハリソン・フォード
RUNAWAY　ハリソン・フォード

フクロウは肉食だってあとから思い出した。

# アリシア

青いままの　レモンかじる　そんなクセは　治らないね
オレンジのソファー　見つけたんだ　この部屋にさ　似合うといいね

アリシアの願い　届いたかな
雲のすき間から　聞こえてるさ

髪をいじる　子供みたいな　様子見てた　少し笑った
日が暮れる前　最初に見える　あの星には　一度行ってみたいって

アリシアの願い　届いたかな
雲のすき間から　聞こえてるさ

グリーンの瞳　どこを見てる？　ロングビーチ　どこにあるの？
海ガメ達の　楽園だから　きっとそこは　あるべき姿さ

アリシアの願い　届いたかな
雲のすき間から　聞こえてるさ
アリシアの想い　届いたかな
吸い込まれたけど　かなうはずさ

パンケーキに　まみれたままで　泥沼チック　それもいいね
地球の夢は　何だろうね　俺たちがさ　いなくなること

アリシアの願い　届いたかな
雲のすき間から　聞こえてるさ
アリシアの想い　届いたかな
吸い込まれたけど　かなうはずさ

## バブスチカ

バブスチカ　バブスチカ　バブスチカ　バブスチカ
バブスチカ　愛してる　バブスチカ　バブスチカ

クレイジーな夜が好きで　毎晩トンでる彼女
緑色の写真ばっか　集めて深呼吸している

バブスチカ　バブスチカ　バブスチカ　バブスチカ
バブスチカ　愛してる　バブスチカ　バブスチカ

穏やかな風が吹くと　あからさまにムスッとして
コークのビン振り回して　あたりかまわずまき散らす

バブスチカ　バブスチカ　バブスチカ　バブスチカ
バブスチカ　愛してる　バブスチカ　バブスチカ

ヒステリックな女は嫌いさ　純粋って何？
間違えないでおくれ　君にはハートなんてない
野原を歩くのと　公園を散歩するのは
全く別の事なんだ　わかったほうがいいね

だってその太いタイヤ　何の為についてんの？
サソリを踏み潰すため？
パンジー吹きとばすため？

バブスチカ　バブスチカ　バブスチカ　バブスチカ
バブスチカ　愛してる　バブスチカ　バブスチカ

グルグル回るホイールに見とれてたら
ふとそんな事を思ったよ　おかしいね

ヒョウ柄のシャツを洗ったら　縮んじゃって
君のパンティーみたいにさ　クシャクシャだよ

バリ　ダリ　パリ　子猫
バリ　ダリ　パリ　子猫
バリ　ダリ　パリ　子猫
バリ　ダリ　パリ　子猫

色白のロシアの女の子のイメージかな。

# LOVERS

彼女は欲しがる　陽のあたる場所を
僕は望んでる　暗がりの景色
I don't care

彼女は靴をはく　外に出るために
僕は服を脱ぐ　眠りにつくために
I don't care　I don't care

抜けがらの顔した　彼女が叫んでる
マーケット中が　静かに無視する
I don't care　I don't care　I don't care

二人きりの世界　かすかなミルク色
どこまでもゆこう　あいつも笑うさ
二人きりの世界　かすかなミルク色
どこまでもゆこう　あいつも笑うさ

I don't care　I don't care　I don't care
I don't care　I don't care

I don't care　I don't care　I don't care
I don't care　I don't carc
I don't care

# LUST  —チェリーの入ったリンゴ酒を見て想うこと—


もう　帰らない　この街に　おやすみのキスを
もう　帰らない　手袋に　さよならのキスを

腕をからませて　誰にも届かない
足を絡ませて　誰にもさわれない

ここからだって　きっと　ゆけるさ
ここからだって　きっと　ゆこう

にじんだ　リンゴ酒に　溶けてゆく　チェリー
にじんだ　リンゴ酒に　溶けてゆく　チェリー

ここからだって　きっと　ゆけるさ
ここからだって　きっと　ゆこう
戦闘機の音は　嫌だね
今からだって　きっと　ゆこう

もう　帰らない　この街に　おやすみのキスを
もう　帰らない　手袋に　さよならのキスを

# モンキーによろしく

ブルー・スウェードを投げたら　軽く灰が飛んだ
座ると沈み込む　長イスのある店

あいつと会ったのは　たぶんここが最初
なんだか少し手も長かったんだよね

警報機はずっと　鳴りっ放しのビルで
燃えた国旗は誰が片付けたんだろう

日焼けした白いギターに新しい
一本の木が生えて　緑の葉っぱ達を
ゆさゆさなびかせる　トロピカーナドリンク
白目は相かわらず　黄色いまんまかい？

ヘッドフォンが壊れちゃったよ　もう君とは話せないよ
あの時のままの　モンキーに会ったら　よろしくと伝えて

あいつの目はいつだって　若かったよやけに
嘘をつかれても　それでいいって顔で
ディランのブーツはさ　とんがっていたから
ヤスリでけずったら　小指が飛び出した

ヘッドフォンが壊れちゃったよ　もう君とは話せないよ
あの時のままの　モンキーに会ったら　よろしくと伝えて

## タランチュラ

たまには歩いて　旅をしようか？
野良犬に　ケツかまれた
毒を出して　追っ払った

砂煙をあげてゆこう
スズメみたいに　誘う女
シカトしてさ　タランチュラ

オーストリッチは　気持ち悪い
雪降る夜の　そんな柄の
シャツ着てる　タランチュラ

火の輪くぐり　繰り返してた
そんな夜に　オサラバしよう
何もないね　タランチュラ

# KAMINARI TODAY

忘れたか　あの時を　ぶっ潰しに　行ったじゃんか
吐く息が　白いから　生きてるって　思ったよな
俺達は変わったのかな　くだらねぇって言い始めて
時間とか法律は　わからねぇって言ってたよな
そんなもんは誰かさんが　勝手に決めたって
神々を置き去りにしようぜ　それくらい　それくらい

悲しくて　情けないから　春は嫌い　つぶやいて
小雨降る　国道を　走らせて　笑ってたよな
俺達は変わったのかな　仕方ねぇって言い始めて
レストランの安い酒　吐きながら呑んでたよな
流星が落ちてくのが見えたから　あの場所で
悪魔共抱きしめてやろうぜ　それくらい　それくらい

知ってたのは　ほんの少しで　わかってたのは　これぽっちで
サイコロを　振り続けて　それでいいと　思ってたよな
俺達は変わったのかな　つまらねぇって言い始めて
周りには何もなくて　見上げたら空すらなくて
感じた　事だけを　想って　張りつめた
カミナリを鳴らしにゆこうぜ　それだけさ　それだけさ

移動の新幹線の中で書き上げた。

## ジェリーの夢

ジェリー　もう一度　君の
ジェリー　夢の中　聞かせて

木の葉を踏む　足音だけ
聞こえている　森の話

空割れて　さらわれた
小鳥の　冒険を

ジェリー　もう一度　君の
ジェリー　夢の中　聞かせて

しゃべらない　オウムが住んでる
古い屋敷　入った話

ハラペーニョの　お化けがいて
たべられそうになったって

ジェリー　あての無い　旅が
ジェリー　終わる時　僕は

雲の上　歩いてたら
あの小鳥に　誘われたんだ

空割れて　さらわれた
そう思って　欲しいんだ

一時期ハラペーニョだけをつまみにしてビール飲んでた。
コロナが合うなぁ。

# DISTORTION

残像を見てた　甘酸っぱい
赤いスピードマスター　針はひとつ
木彫りのベッドと　うるさい

スイカ売りのトラックの前で
ヤギ皮のカバンぶらさげてたな　違う？

カーキのレインコート　その下には
黒くてうすい　細いワンピース
中途半端な　WILD THING に
二人合わせて　バラクーダ踊ろう

ゆがんだ鏡　映ったのは
ありのままの俺達さ

小指と塩で　歯をみがいてから
君とキスしよう　海の味する？　違う？

いつか南で　暮らしたいんだってね
小麦畑が　似合ってたのに
黄色い車　手に入れてから
君はそれしか　考えなくなった

ゆがんだ鏡　映ったのは
ありのままの俺達さ

BGM なんてさ　持っていないんだよな
退屈ならさ　飛び降りちゃえば？　違う？

重いブーツは　雨のせいかな
ナイキにしたら　とんでゆけるかも
笑ってくれたね　4日振りくらいかな
もう疲れたから　眠らせてよね

ゆがんだ鏡　映ったのは
ありのままの俺達さ

残像を見てた　甘酸っぱい
赤いスピードマスター　針はひとつ
木彫りのベッドと　うるさい　エアコンの部屋で泥になる

# ALRIGHT

知らない国の艦隊が来て　鉄のカタマリを
22発撃ち込まれたけど　誰も死ななかった

静かに目を閉じて王様は　ゆっくりと語る
敵は味方ではないけれども　敵でもないんだと

夢をみようぜBABY　世界中どこでも
空は青いはず　きっとうまくゆくさ

路地裏でくらすネズミ達はドン・ジョージの焼く
ピザがお気に入りだったけれど　あの日から消えた

夢をみようぜBABY　世界中どこでも
空は青いはず　きっとうまくゆくさ

電源を切ってさぁ見上げよう　はるか先の星
誰がいるのか　裸のままの聖火ランナー

夢をみようぜBABY　世界中どこでも
空は青いはず　きっとうまくゆくさ
夢をみようぜBABY　世界中どこでも
空は青いはず　きっとうまくゆくさ

夢をみようぜBABY
夢をみようぜBABY
夢をみようぜBABY
夢をみようぜBABY

# 帰り道

帰り道に君は言うだろう　愛と憎しみはどう違うのって
帰り道に僕は言うだろう　どこも違わないどっちも真実さって

細かな雨をワイパーが拭き取って　散らばったネオンがぬれてる
しびれた左腕を気にしながら　どうしてオルガはさっき泣いてたのか
首を右に傾けて考えている
3コードで魂を失くしたジャンキー　3コードで宇宙に行くって言って
今じゃ電磁波にヨダレたらしてる

帰り道に君は言うだろう　神様ってどこにいるのって
帰り道に僕は言うだろう　ジミヘンのモジャモジャの中さって


昨日の夜ゴミ箱が燃えてた　なんだかすごくきれいで
僕はずっと見とれてたよ
警報機が鳴って大雨が降った　嫌な音階を水が消してた
君は耳に無線をつけて　画家の伝記映画に夢中だ
僕はびしょ濡れの服をはたきながら
丸くない星ってあるのかなって考えてた

帰り道に君は言うだろう　愛と憎しみはどう違うのって
帰り道に僕は言うだろう　どこも違わないどっちも真実さって

僕は未だに3コードに恋をしていて　ブルーズにまみれてる
ハッピーなのは君と寝そべって　君の横顔を見ている時だけで
ぶっとんでるのは　弦が2本しかないギターを弾いている時だけさ "Yeah!"
帰り道に君は言うだろう　神様ってどこにいるのって
帰り道に僕は言うだろう　ジミヘンのモジャモジャの中さって

# 心臓

破裂しているブラウン管に
偽物のゴジラ火を吹いている
岩が転がって　丸くなった
平和ってやつか？　そうでもねぇか
古タイヤ売ってエンジン作ろう
空飛ぶじゅうたん　浮かんで眠ろう
落ちてもいいのさ天国まで
憎まれ口はもうきかないよ

俺の心臓バクバク　夢を食って生きてる
心臓　心臓　心臓　心臓
I'm sorry baby.

ハーフ・ムーンにロケットささって
鼻が出来た喜んではないみたい
それを見ていたフランケンシュタイン
うらやましいよ　僕も治してだって

俺の心臓バクバク　夢を食って生きてる
心臓　心臓　心臓　心臓

緑のシャツは君には似合わない
キャンプファイヤーが好きなんだったら
白いドレスで着飾ってさ
タヒチの海で射殺されちまおう

心臓　心臓　心臓　心臓
心臓　心臓　心臓　心臓

## アイランド

この世界のどこかの　海に岩でできてる
小さな島があった　うさぎだけが住んでた
かくれてたのに　耳だけが出てるよ

この世界のどこかの　海に岩でできてる
小さな島があった　海鳥だけ知ってた
いつからか人が　城をつくり始めた

わたしはわかってたの　あなたがわたしのこと
憎んでいた事はね　悲しいけどしょうがない
空が青いよ　歌いたくなったよ

ラララ

デビュー前に出来てた曲。
パフィーから依頼があったときに、絶対ハマると思った。

# 君とオートバイ

Tu Tu Tu Lu　Tu Tu Tu Tu Lu Lu 〜

Baby　オートバイに乗って旅に出よう
行く先は　この世の果てさ
その途中で　川に寄って
釣りをしよう　釣れなくてもいいさ

寝袋はひとつだけ2人で入ろう
オオカミが来たって　かまわない
たき火には　くれぐれも気をつけよう
山火事に　なったなら　悲しいから

君とオートバイ　いつだって2人きり

Tu Tu Tu Lu　Tu Tu Tu Tu Lu Lu 〜

Baby　オートバイに乗って旅に出よう
行く先は　宇宙の果てさ
道は続くのさ　あの地平線の
向こう側　海も越えるのさ

夜には　星空を眺めていよう
コーヒーにチョコレート少し入れて
雨降りも楽しいよ　雨水の音
蓮の葉がカサ代わりはね返るよ

君とオートバイ　いつだって2人きり

Tu Tu Tu Lu　Tu Tu Tu Tu Lu Lu 〜

# オリーブ

もしも君が汚い大人にだまされたら
僕が君を助けにゆく　僕が君を助けにゆく

もしも君が汚い大人になってたら
僕が君を助けにゆく　僕が君を助けにゆく

オリーブ　オリーブ　オリーブ　オリーブ

僕はただの汚い大人になったから
何が悲しい事だか　わかんなくなって笑ってる

もしも僕がこの世界から消えたっていつだって
僕が君を助けにゆく　僕が君を助けにゆく

オリーブ　オリーブ　オリーブ　オリーブ
オリーブ　オリーブ　オリーブ　オリーブ

## 月の住人との会話

誰かが俺の耳元でささやいている　ああわかったぞ　月の住人だ
"君の星から俺の星は毎晩違う形で見えるんだろ？
そうなんだ、実は俺の星は常に形が変わってるんだ
何も形が無くなった時、つまり君に何も見えない時、
俺と星は一度消滅するんだ
俺達は君の考えている時間＝スピードってやつの
はるかに先のスピードで生きているんだ
それをうらやましいと思うかい？"　俺は答える
"いや、別にスピードってやつに興味はない"
"じゃあなぜ早い乗り物に乗りたがる？
スピードってのは上がれば上がるほどそいつ自身が消えるのも早いんだぜ？
つまりすぐ無くなっちまうってことさ
君達は早く無くなりたいと思ってるんじゃないのか？そうとしか思えないね"
俺は答える
"俺の感じているスピードの中でそれよりも早いスピードが合理的だったり、
時間ってやつを節約できるって思ってるからじゃないかな"
彼は笑った
"時間ってやつを節約するためにスピードを求めるのは間違ってるぜ
それは君や君の星の寿命を短かくしてるだけなんだ
それすらもわからないのに俺の星に勝手に住もうとか旅行しようだなんて
思ってほしくないね　君のスピードと俺のスピードは決定的に相容れないんだ
つまり君達が言うところの最大公約数ってのが俺達のあいだには無いのさ"
"じゃあもう俺は月には行けないのかな"　彼はニヤリと言った
"君だけでもこっち側に来てみるかい？"
俺はふと思った　何故彼が月の住人だってわかったのか？
一体こいつは誰なんだ？実体そのものは真っ暗で見えないし、
そこにいるってことだけしかわからないのに。
"君は本当に月にいるのか？一体誰なんだ？"
彼は静かに答えた

"君達は何でも始めから疑ってかかる　俺の星に来たら嫌われるだろうな
でも本当に来たら治るかもしれないぜ"

# ミラー "MIRROR"

ピカピカに磨きあげられた何もかも映し出す
シルバーのエレベーターに乗るところだったから
思わず話しかけてしまったんだ
「君はじっとしている時いつも何を考えているんだい？
誰かが来てボタンを押すのを待ち焦がれているのかい？」
「理想は永遠に動いていることか
もしくはたまには別の場所に行けたらな」
「いつだって同じ風景なのは俺だって同じさ」
「でも俺には横に動く自由がない　それと一度でいいから
スキップってやつをしてみたい、
それは嬉しかったり楽しかったりするんだろ？」
「だけどそれは俺ぐらいの年になると
他人の前ではそうそうやれる事じゃない
子供じみてるって怒られるか、
アタマがおかしいって怖がられるかどっちかだね」
「それを気にするかしないかはお前次第だし、
俺はまずスキップをしたことがないんだ
だから今度教えてくれないか？」
「もちろん心が弾むよ　早くもっと自由に動けるようになるといいね」
「それはお前らの仕事だ」
「確かに」
限りなく悲劇的な笑顔の俺は
スキップしてアーケードを抜けてったよ

**thee michelle gun elephant**

| | | |
|---|---|---|
| *14* | シャンデリヤ | high time |
| | blue nylon shirts | high time |
| *17* | 笑うしかない | high time |
| | flash silver bus | high time |
| | Baby, please go home | high time |
| *19* | カルチャー | CULTURE |
| | ランドリー | CULTURE |
| *20* | カーテン | CULTURE |
| | CISCO | CULTURE |
| *22* | ゲット・アップ・ルーシー | Get up Lucy |
| | スピーカー | Get up Lucy |
| *21* | 深く潜れ | Get up Lucy |
| | バードメン | THE BIRDMEN |
| | ロマンチック（ターキー・ブランチ・ヴァンージョン） | THE BIRDMEN |
| | ロシアン・ハスキー | Chicken Zombies |
| | ハイ！ チャイナ！ | Chicken Zombies |
| | マングース | Chicken Zombies |
| *25* | ブギー | Chicken Zombies |
| | I've never been you. (Jesus Time) | Chicken Zombies |
| | I've never been you. (King Time) | Chicken Zombies |
| *24* | サニー・サイド・リバー | Chicken Zombies |
| | ブロンズ・マスター | Chicken Zombies |
| | VIBE ON! | VIBE ON! |
| | あんたのどれいのままでいい | VIBE ON! |
| *27* | G.W.D | G.W.D |
| | JAB | G.W.D |
| | アウト・ブルーズ | OUT BLUES |

## THEE MICHELLE GUN ELEPHANT

| | | |
|---|---|---|
| | スモーキン・ビリー | SMOKIN' BILLY |
| | ジェニー | SMOKIN' BILLY |
| *28* | ウエスト・キャバレー・ドライブ | GEAR BLUES |
| | サタニック・ブン・ブン・ヘッド | GEAR BLUES |
| *30* | ドッグ・ウェイ | GEAR BLUES |

## ROSSO

## THEE MICHELLE GUN ELEPHANT

## RAVEN

|  | | |
|---|---|---|
| | Concorde Drive | 限り無く赤に近い黒 |
| *144* | 森のアリゲーター | 限り無く赤に近い黒 |
| | Chevy | 限り無く赤に近い黒 |
| | Cherry Bon Bon | 限り無く赤に近い黒 |
| *137* | Voodoo Club | 限り無く赤に近い黒 |
| *145* | Blue Waltz | 限り無く赤に近い黒 |
| *142* | Star Carpet Ride | 限り無く赤に近い黒 |

## ROSSO

|  | | |
|---|---|---|
| *146* | 1000 のタンバリン | 1000 のタンバリン |
| *156* | さよならサリー | 1000 のタンバリン |
| | クローバー | 1000 のタンバリン |
| *152* | アウトサイダー | 1000 のタンバリン |
| | COCO | 1000 のタンバリン |
| *150* | サキソフォン・ベイビー | 1000 のタンバリン |
| | LEMON CRAZY | Dirty Karat |
| *160* | CHAD IN HELL | Dirty Karat |
| *153* | ハンドル・ママ | Dirty Karat |
| *157* | ピアス | Dirty Karat |
| *158* | TULIP | Dirty Karat |
| *154* | 動物パーティー | Dirty Karat |
| *162* | Sweet Jimi | Dirty Karat |
| *166* | 人殺し | Dirty Karat |
| *139* | 君の光と僕の影 | Dirty Karat |
| *164* | 火星のスコーピオン | Dirty Karat |
| *167* | バニラ | Vanilla |
| *166* | ブランコ | Vanilla |
| | シリウス | Vanilla |

## 信近エリ

## LOVE GROCER

## Midnight Bankrobbers

## ROSSO

## The Birthday

**Midnight Bankrobbers**

**PUFFY**

**The Birthday**

## あとがき

詩集を出そうと思った。
今年40になってキリがいいと思ったのかもしれない。
ルー・リードの詩集を読んでいいなって思ったからかもしれない。


去年、ザ・バースデイのファーストツアー中に親父が死んだ。
冷え込んだ冬だった。
名古屋のライブが終わってホテルで寝ていた。
明け方近くに妹から涙声で電話があった。
なんとなく予感はしてた。
肺ガンだった。何ヶ月か入院してた。でも正月には
実家に帰ってきていて、少しやせてたけど元気だった。
肺ガンのくせにタバコも酒もやめなかった。
病院のベッドの下には空になったワインのビンが何本も隠してあった。


博多のライブを終えて最終の飛行機に間に合ったので
実家に帰った。親父は棺桶に入ってた。
初めて親父の顔に触った。びっくりするほど冷たかった。
ドライアイスのせいだと思った。
親父の顔を見ながらビールを飲んだ。
親父は「俺にもよこせ」とは言わなかった。
ただ目を閉じてピクリともせずに眠っていた。


よく殴られたし理不尽なことも言われたけど
俺は親父が好きだった。
親父は絵を描くのが好きでいつも何かと描いてた。
たぶん相当な数の絵が実家にはあると思う。
その中で一番俺の好きな絵を20代の頃自分の家にもらって帰った。
真っ黒なキャンバスの中に太陽と東京タワーが

オレンジでけずられたように描かれた絵で、俺がガキの頃から
家のどこかに飾ってあった絵だ。
実家に帰った時これを俺ん家に飾りたいからくれないかと言ったら
親父は「持ってけ」と言った。
俺はバイクにくくりつけて持って帰った。
玄関の靴箱の上に置いた。
やっぱいいなって思った。
この絵は今も俺ん家に飾ってある。

自分もいつか死ぬんだなって強く思った。
今まで何人も友達が死んでめちゃくちゃ悲しかったけど、
実際そうは思わなかった。

生きてるうちに詩集を出そうと思った。
220曲くらいあった。
全部は多すぎてあきるなぁって思って自分でこれは好きっていうのと
スタッフがこれ入れようって言ってくれた詞を選んだ。

10何年分の詞を見て成長してねーなー、ずっと変わってないなぁと思った。

この先死ぬまでギター弾いて歌いたい。
最後まで読んでくれてありがとう。
ライブで会おう。

チバユウスケ　2008.8.19

チバユウスケ　詩集
ビート

2024 年 2 月 9 日　第 1 刷
2024 年 2 月 15 日　第 2 刷

著者＝チバユウスケ

装丁＝菅原義浩（ボリス・グラフィック・エンジニアリング）
カバー写真＝戎 康友

発行者＝中村水絵
発行所＝HeHe / ヒヒ
〒154-0024 東京都世田谷区三軒茶屋 2-48-3 三軒茶屋スカイハイツ 708
TEL：03-6824-6566
www.hehepress.com

印刷・製本所＝シナノ書籍印刷株式会社

ISBN978-4-908062-57-5 C0073
JASRAC 出 2310251-402
NexTone PB000054526 号